I0517439

Tome 1

MICKAEL

Une erreur de jeunesse

Le code de la propriété intellectuelle n'autorisant aux termes de l'article L.122-5, 2e et 3e a), d'une part, que les « copies ou reproductions strictement réservées à l'usage privé du copiste et non destinées à une utilisation collective » et, d'autre part, que les analyses et les courtes citations dans le but d'exemple et d'illustration, « toute représentation ou reproduction intégrale ou partielle faite sans le consentement de l'auteur ou de ses ayants droit ou ayant cause est illicite » (art. L. 122-4).Cette représentation ou reproduction, par quelque procédé que ce soit, constituerait une contrefaçon, sanctionnée par les articles L. 335-2 et suivants du code de la propriété intellectuelle.

Jean-Pierre COLDEFY, 2018
Editions Vermeille
ISBN 978-2-9566899-0-4
Dépôt légal : 07/12/2018

Mickael : une erreur de jeunesse

L'auteur tient à préciser que tous les personnages de ce livre sont fictifs. Toute ressemblance avec des personnages existants ou ayant existé, ne pourrait être qu'une simple coïncidence.

Mickael : une erreur de jeunesse

I

Lorsque la roue avant droite heurta la bordure du trottoir, Mickael se remémora rapidement les vingt quatre heures précédentes.

Le cauchemar !...

Pourquoi avoir emprunté cette voiture, sans l'accord du   propriétaire ?...   Bien sûr, il s'agissait d'une superbe voiture. N'était-elle pas celle choisie par un ancien président de la république ?...

Celle-ci ne comportait pas de carrosserie, ni de vitres blindées, mais l'intérieur était en véritable cuir souple de couleur grise, le même qui gainait le volant.

Le tableau de bord se distinguait par des chromes auxquels s'ajoutaient des éléments en de ronce de noyers. Il était tout simplement magique, et de dernière génération.

Mickael avait aussi été séduit par la généreuse motorisation. Les cent cinquante chevaux du moteur, alliés à une boite de vitesse automatisée, la rendaient grandiose.

Sans parler du vernis impeccable de la carrosserie métallisée, auquel s'ajoutaient les jantes en alliage de toute beauté qui donnaient le plus bel aspect.

Le heurt avec le trottoir tira Mickael de sa torpeur.

La sonorisation à fond, il sortit de cette musique irréelle venue des pays anglo-saxon pour prendre conscience de ce bruit métallique violent, choquant, déstabilisant…

Il était conscient qu'il avait trop bu, beaucoup trop, et que ses problèmes n'allaient pas s'arrêter là !

Il se souvint aussi qu'il n'avait pas de permis de conduire. Une épreuve idiote, et injuste estimait-il !...

Il avait dû repasser trois fois le code de la route. Il ne suivait aucuns cours, ni à l'auto-école, ni en ligne sur internet. Mais Il n'avait pas le temps !...

L'épreuve de conduite aurait dû se passer plus facilement. Mécanicien automobile, Il savait conduire !...

Pourquoi cet inspecteur avait donné un avis défavorable ?... Parce qu'il ne s'était pas arrêté correctement au « STOP ». Quel imbécile !...

Sa petite amie aussi ne comprenait rien. Sabrina justifiait la décision de l'inspecteur. Elle lui donnait raison, n'importe quoi !

En pleine embrouille, il avait décidé de rejoindre les copains au bar du stade, et là, il s'était détendu.

La tête encore prise par l'engueulade de la veille avec son patron, mêlé à l'énervement de la dispute avec sa compagne, l'avait incité ce dimanche de décembre, à rejoindre quelques copains, et à consommer bien plus qu'il n'aurait fallu. Youssef était présent, ainsi que julien, et les bouteilles avaient défilé.

La perte de contrôle du véhicule fut inévitable. Le camion qui venait de traverser Port Vendres, se présentait dans le virage à l'entée du port. Malgré les reflexes de son conducteur, et son arrêt instantané, le choc fut terrible !

Mickael comme dans un état second allait beaucoup trop vite dans cette descente, sans avoir tenu compte du panneau d'entrée d'agglomération.

Pourtant, avant cela, il se sentait en parfaite sécurité.

Ne venait-il pas de contrôler les freins, sur cette voiture disposant de toutes les options ?...

Elle était venue en révision dans le petit garage de Collioure dans lequel il travaillait. Tout avait été vérifié, et tout était OK.

Pris dans son allure, Mickael pensait comme dans un rêve que son véhicule, et lui-même, étaient indestructibles. Il se sentait invincible. L'alcool l'avait placé dans un état euphorique. Il était à cent lieux de la réalité.

Au moment où il s'écrasait sur le camion, le pare-brise explosa, et la carrosserie raisonna dans un bruit fracassant.

Une femme et son enfant sursautèrent, pris de panique.

La claque qu'il reçut fut énorme, et tous les airbags se déclenchèrent instantanément. Mickael resta un instant étourdit, abasourdit.

Il ne bougeait plus. Il revit en une fraction de seconde l'altercation avec son patron. Celui-ci dans un excès de colère lui avait signifié son licenciement. Il lui reprochait d'être en retard tous les samedi matins, alors que les clients attendaient.

Ce matin il avait battu les records : neuf heures et demie, au lieu de huit heures. Son employeur avait dû appeler deux fois chez lui.

Sans compter le procès qu'un client avait engagé pour une erreur de diagnostic.

- C'est terminé, j'en ai vraiment mare, lui avait dit son patron. Tu viendras chercher ton compte lundi !

Il ne devait pas avoir le droit de procéder ainsi, mais Mickael comprenait qu'il avait mis la dose…

Pourtant ayant conservé les clés du garage, cela ne l'avait pas empêché ce dimanche après midi, de décider de faire un tour avec cette voiture dont il rêvait.

Après tout, il était viré, donc il n'avait plus rien à perdre !…

Il réalisa dans quel bourbier il s'était mis. La police allait sans doute l'interpeller, et il était bon pour la prison, sans compter toutes les conséquences…

Port Vendres était tranquille ce dimanche soir de décembre. Le temps que les autres automobilistes s'arrêtent, il força la portière de gauche, qui résista un temps, puis s'ouvrit.

Il ressentait une violente douleur dans la jambe droite, et saignait abondamment du nez.

Malgré cette porte ouverte, il resta un instant à hésiter. Il avait envie de pleurer, tant il se sentait tout à coup démuni, comme si le ciel venait de lui tomber sur la tête. C'était fini pour lui. Il prenait conscience que rien ne serait plus jamais pareil. Il réalisait son erreur, et se dit qu'il avait commis l'irréparable. Tout allait se retourner contre lui. Personne ne lui trouverait d'excuse. Il serait sans aucun doute, jeté en prison, puis oublié de tous. Il broyait du noir, et avait perdu cette adrénaline qui l'avait poussé à agir sans réfléchir. Maintenant, Il se sentait tout petit face à cet accident qui le dépassait. Il aurait voulu revenir en arrière et que rien de cela, ne se soit passé.

Le chauffeur du camion tentait lui aussi de descendre. C'était un petit camion frigorifique de six tonnes. La porte gauche était bloquée.

Au moment ou le conducteur tentait de sortir par l'autre porte, Mickael s'enfuit en s'engageant vers le port de pêche, où se trouvaient les entrepôts.

Il trouva refuge derrière un groupe de grosses poubelles en attente d'être vidées, alors qu'il entendait des sirènes hurler.

C'était la police ou les pompiers, il ne savait pas les reconnaitre, mais il fallait se sortir de là rapidement !... Comment allait-il faire ?

*

Quelques mois avant cela, dans la marina des Capellans, la vie se déroulait tranquillement. Youssef arrivait avec les courses commandées.

- Bonjour Madame Armand.

La vieille dame se retourna avec un sourire. Madame Armand avait 89 ans, et encore une très belle prestance, mais elle avait un peu de mal à se mouvoir.

Elle avait perdu son mari cinq ans plus tôt, et avait toujours beaucoup de difficultés à s'en remettre.

Pourtant celui-ci n'avait pas toujours été gentil, et parfait avec elle. Trop occupé à ses affaires, il donnait la priorité aux entretiens professionnels. Il était habitué à tout réussir, aimait le luxe, et négligeait la vie familiale.

Ses enfants vivaient très loin, et ne passaient les voir que très rarement.

L'attention de son mari était plus souvent portée sur sa secrétaire avec laquelle il passait la plus part de son temps, plutôt qu'à son épouse Henriette.

Celle-ci originaire du Roussillon, aimait particulièrement la région.

Dans les années quatre vingt dix elle avait obtenu de son mari qu'il achète un petit appartement avec terrasse dans la marina de Saint Cyprien. Il se laissa facilement convaincre car il était propriétaire d'une vedette à moteur, qu'il lui était possible de mettre à l'anneau, devant la résidence.

A la mort de son mari elle avait dû se séparer de ce bateau, laissant libre l'anneau d'amarrage.

Elle avait conservé l'appartement car elle se plaisait dans ce lieu simple, et calme. Evitant toutefois la période des grandes vacances, qu'elle jugeait invivable.

Elle se laissa aller dans ses pensées… Que de bons moments avait-elle passés dans cet endroit. Bertrand pouvait enfin lui accorder un peu de temps, et s'occuper d'elle.

-   « Il n'y avait plus de pains au chocolat, j'ai dû prendre des croissants ! », dit Youssef, en posant un petit sac sur la table du living.

La vieille dame était un peu gourmande, mais elle aimait bien Youssef, et ne lui en voulait pas. Il était tellement serviable !...

Tous les matins, il était là pour la gâter, et aller chercher de quoi déjeuner. Il n'hésitait pas à venir assez tôt. Toujours plein de bonnes intentions.

C'était un grand réconfort !

- « Ce n'est pas grave, il me reste de la confiture, je vais m'arranger », répondit-elle.

Youssef sourit à nouveau, et prépara le café.

La complicité était née par hasard. La vieille femme était dans un magasin, embarrassée de quelques courses, et Youssef lui avait proposé son aide.

Madame Armand l'avait très généreusement récompensé.

La confiance s'était installée si bien qu'avant de partir passer l'hiver à son domicile Parisien, elle lui avait laissé un double des clés pour qu'il surveille sa résidence.

Mickael : une erreur de jeunesse

II

L'odeur était épouvantable, mélange : de déchets de poissons, de caissettes avariées, et de déchets divers.

Cela s'ajoutait aux relents de l'alcool consommé dans l'après-midi.

Mickael recroquevillé sur lui même dans ce container puant, fut pris de violentes nausées, ce qui n'arrangea pas la situation. Il se retrouvait dans un état lamentable.

Au début, Il avait attendu accroupit à côté de la poubelle. Il avait entendu les gendarmes arriver, ainsi que les pompiers.

Le conducteur du camion devait être blessé. Un attroupement s'était formé malgré la nuit tombée, et le froid du mois de décembre.

Il avait entendu aussi les dépanneurs arriver. Il y avait sans doute son collègue Patrick qui assurait les dépannages 24H/24, et qui avait dû être sollicité par les forces de l'ordre.

Celui-ci ne manquerait pas de reconnaître le véhicule qu'il connaissait bien. Son propriétaire l'avait laissé en révision avant de prendre l'avion pour une destination inconnue, et devait le récupérer dans le courant de la semaine prochaine.

Patrick ne manquerait pas de faire le rapprochement avec Mickael et à faire part de ses soupçons aux gendarmes.

Ceux-ci étaient déjà à la recherche de celui qu'ils considéraient comme un fugitif.

Il les avait aperçus qui venaient dans sa direction, puis repartaient sur leur pas.

Craignant qu'ils ne reviennent, Mickael avait rapidement choisit un container poubelle qui n'était pas tout à fait rempli et dont le couvercle était orienté côté mur. Il s'était hissé à l'intérieur avec beaucoup de mal. Sa jambe le faisait souffrir. Bien lui en prit, car les gendarmes étaient revenus.

L'un deux avait soulevé un couvercle au hasard, heureusement celui-ci était orienté coté port. Constatant qu'il était plein, il avait continué son chemin, rejoignant ses collègues. Au bout de longues minutes, ils étaient repartis en laissant un silence pesant.

Lorsqu'il eut le sentiment d'être seul, Mickael chercha une solution pour se sortir de là. Il pouvait essayer de faire du stop, et de passer la frontière Espagnole à proximité. Un mandat international n'allait tout de même pas être lancé aussi rapidement !...

Mais comment trouver un automobiliste prêt à le prendre, de nuit, à cette époque et dans cet état. Que faire ensuite ?...

Il réalisa qu'il avait son portable, et qu'il devait chercher de l'aide parmi ses amis.

Son téléphone mobile était presque déchargé, mais il captait assez bien. Il pensa d'abord à Franck, son cousin, légèrement plus âgé que lui. Il l'aimait bien, et pourrait sans doute l'aider, bien que !...

Comment lui faire comprendre sa situation ?

Il essaya quand même. Son portable ne répondant pas, il appela à son domicile. Sa tante lui répondit. Elle lui indiqua que Franck était au travail. Il s'occupait de l'entretien des voies ferrées, et faisait un service de nuit. Il raccrocha après un mot d'excuse auprès de sa tante, sans lui donner plus d'explications.

Il pensa ensuite à Lucas avec lequel il avait passé le début d'après-midi, mais celui-ci ne répondit pas. Mickael comprenait que ce n'était pas la bonne solution. De toute façon, Il ne devait pas être en état de conduire.

Il hésita, puis se décida à appeler Youssef.

Mickael lui avait rendu de nombreux services en intervenant lors de ses temps libre sur sa voiture. Une BMW d'ancienne génération, passablement bricolée, et sur laquelle il avait déjà passé pas mal de temps. Il l'avait aussi dépanné pour la livraison d'un petit colis, mais il n'avait pas récidivé, car il soupçonnait que la manœuvre ne soit pas tout à fait légale.

Dernièrement il avait changé un soufflet sur un bateau que Youssef venait d'acheter. Un Leader 650 dont la sellerie était très fatiguée. La coque avait quelques impacts, mais le moteur inbord était en bon état. De plus Youssef était sympa, et rendant service.

Au bout de plusieurs sonneries le répondeur se déclencha. Il ne lui restait pas d'autres solutions, il laissa un message.

- Allo, c'est Mickael je suis dans la m...., il faudrait que tu m'aides, peux tu me rappeler ?

Il frissonnait, et plongea dans une profonde déprime, mais resta statique dans sa cachette sans oser bouger.

*

C'est avec tristesse que Sabrina était rentrée chez elle après sa dispute avec Mickael. C'était une jeune fille agréable, trop studieuse peut-être. C'était tout le contraire d'une jeune fille excentrique. Pas très grande, les cheveux châtains, et toujours habillée avec goût. Elle adorait les vêtements de grandes marques.

On ne peut pas dire qu'elle était très jolie, mais elle était mignonne, sans plus.

Elle passait la semaine dans un appartement que ses parents avaient loué, à proximité de la faculté de Perpignan, où elle suivait ses études.

Elle se différenciait nettement de son petit ami, et surtout de son copain Youssef.

Ce dernier pas très grand, et un peu rondouillard, avait le look des jeunes des cités voisines : pantalon de survêtement trop large au niveau de l'entre jambe, de vieux tennis de marque passablement usés, une veste avec capuche qui recouvrait partiellement un teeshirt portant un slogan ringard.

Sabrina savait que Youssef traficotait pas mal. Bien qu'il ne travaille pas, il disposait toujours de pas mal d'espèces sur lui. Des bagues clinquantes aux doigts, une grande chaine avec un sigle représentant une secte, et des relations peu fréquentables.

Il baignait dans pas mal dans les petits larcins, et avait passé un temps à faire des vols à la tire : portes feuilles, et sacs à main.

Maintenant, il paraissait un peu calmé. Elle ne savait pas d'où provenaient les moyens qu'il affichait trop volontiers, notamment son Smartphone de dernière génération. Il avait aussi amélioré sa tenue : chaussures en croco, costard mal ajusté, mais costard !...

Il n'hésitait pas non plus à payer des tournées au bar de la plage, tutoyant le serveur et racontant des blagues vulgaires en riant sans discrétion. « C'est vraiment un gros beauf » pensait Sabrina, lorsque Mickael l'entrainait prendre un verre avec lui.

A l'opposé, Mickael l'avait séduit par son physique très agréable, et son côté sympa. Il avait toujours le sourire. Il aimait s'amuser, mais restait toujours correct. Ils s'étaient rencontrés sur la plage au mois de juin.

Elle avait fini ses cours, réussit son bac, et ses parents habitants une belle résidence sur les hauteurs de Collioure, elle était venue se faire bronzer sur la plage.

Mickael se baignait avec des copains. Pour se faire sécher, Ils chahutaient en jouant au ballon, et en cherchant à draguer un peu. Il le faisait tomber régulièrement sur Sabrina pour la faire rager. Mais celle-ci ne s'en offusquait pas. Elle faisait mine de faire la grimace, mais ça l'amusait.

Mickael était beau, déjà bien bronzé pour la saison. Il mesurait un mètre soixante seize, le torse musclé, les yeux noisette avec des cheveux brins. Il avait le type Méditerranéen, presque espagnol.

Elle était très vite tombée amoureuse de ce joli garçon, bien que celui-ci, soit d'origine modeste, et d'un milieu fort différent du sien.

Elle détestait par contre le travail qu'il faisait, toujours les mains dans le cambouis. C'était parfois incommodant.

Pourtant, ils avaient passé de très bons moments ensemble. Elle avait d'ailleurs eu très peur, lorsqu'elle avait craint d'être enceinte.

Heureusement, s'était un simple retard, et il n'en était rien. Elle pourrait terminer ses études de droit, afin de se spécialiser dans la propriété du droit artistique, comme elle en rêvait.

Et puis Mickael n'avait pas que des bonnes fréquentations. La preuve, son copain Youssef, qui prêchait la bonne parole musulmane, un whisky à la main.

Elle était tiraillée entre son attirance pour Mickael, et le manque de rigueur dont il faisait preuve. Leur récente dispute n'était que la conséquence de ce sentiment qui ne trouvait pas sa place.

III

Toujours blotti dans son container, Mickael réfléchissait. Il était maintenant 21h30. Il avait faillit un moment s'endormir, puis s'était repris.

Il fallait qu'il se sorte de là. Il tenta un dernier appel à Emilien un copain qu'il n'avait pas vu récemment, mais qui habitait Saint André, pas très loin.

Lorsqu'il réussit à le joindre, celui-ci lui expliqua qu'il n'avait plus de moyens de transport. Justement il voulait l'appeler car sa voiture ne démarrait pas. Il ne savait pas ce qu'elle avait.

Mickael resta un moment totalement décontenancé, puis une idée germa alors dans sa tête. Il pourrait peut-être emprunter un bateau, et essayer de passer en Espagne ?...

Il sortit de son container, après avoir contrôlé que tout était calme aux alentours.

Il faisait très froid pour cette région qui n'était pas habituée à ce temps, et la tramontane soufflait fort. Il n'y avait personne dans les rues.

Mickael longea le bord de l'eau, en épiant en permanence l'environnement, jusqu'au port de plaisance.

Il lui fallait de l'argent, pour pouvoir vivre quelque soit l'endroit. Il pensa que son compte n'était sans doute pas encore bloqué, bien qu'il ait sans doute déjà été identifié. Il se risqua jusqu'au distributeur qui se trouvait de l'autre côté de la rue, et put obtenir un maximum de cent cinquante euros. Pas de quoi pouvoir aller très loin avec cela !...

Il commençait aussi à avoir faim, cela faisait maintenant deux heures qu'il n'avait pu se retenir de vomir, et il avait l'estomac vide. Par contre tous les commerces étaient fermés, et il n'était pas pensable d'entrer dans un des deux restaurants du port encore ouverts.

Cela faisait presque quatre heures qu'il avait provoqué l'accident, et il fut prit d'une envie d'uriner importante, qu'il soulagea dans le coin d'une ruelle adjacente.

Il se sentait un peu mieux, bien que sa jambe le fasse souffrir, les saignements de nez s'étaient arrêtés. Son idée était de trouver un bateau…, mais qu'allait-il faire ensuite ?...

Il faisait nuit, la mer était assez agitée en raison du vent, et même s'il parvenait à démarrer un des petits bateaux de plaisance, il allait faire du bruit, et risquait d'attirer l'attention des riverains.

De plus, naviguer sans éclairage, et sans savoir exactement de combien de carburant il disposait, était suicidaire.

Il rechercha tout de même un bateau, mais il changea d'avis, et préféra essayer de s'en servir de refuge pour la nuit.

A cette époque beaucoup de petits plaisanciers laissaient leur navire à l'amarre pendant quelques mois.

Il finit par se glisser sous le taud d'un bateau de taille moyenne, et en forçant légèrement la porte de la cabine, celle-ci s'ouvrit.

La cabine n'était pas très grande, et encombrée par des éléments de sécurité : une bouée, quelques gilets, des rames, et un engin flottant. Il tassa le tout d'un côté, et se libéra un coin de matelas en mousse sur lequel il s'allongea.

Il avait froid, et se recouvrit de quelques gilets de sauvetage pour se protéger un peu. Puis il s'endormit.

Il dormit environ deux heures lorsque son téléphone sonna. C'était Youssef.

- Salut mec, alors qu'est-ce qui t'arrive ?

- Je suis dans la m....., répondit Mickael.

- Pourquoi ?

- J'ai piqué la caisse d'un client, et je me suis planté.

- Mais t'as pas de permis !

- Bah, non !

- T'es où ?

- A Port Vendres, je me suis planqué dans un bateau.

- Bon, te casses pas j'arrive

*

A la brigade de gendarmerie, l'adjudant chef BELLAITRE s'impatientait, il avait dû intervenir d'urgence pour assurer la sécurité lors de l'accident provoqué par Mickael.

Aidé par quatre gendarmes il avait protégé les lieux, lancé les secours, fait tous les relevés nécessaires au constat, et fait dégager les véhicules accidentés.

Il avait pu identifier le suspect grâce au témoignage du dépanneur. Il avait ensuite, convoqué et interrogé, son employeur.

Celui-ci était arrivé très peu de temps après. Il était totalement déchainé. Il ne pouvait pas admettre ce qui arrivait.

Très en colère, il avait accablé son employé ; le jugeant immature, voleur, et dangereux. Comme pour se venger, il avait communiqué facilement toutes les coordonnées de Mickael : sa date de naissance, son adresse, son numéro de téléphone, et même fourni une photo d'identité qu'il détenait dans le dossier d'embauche.

Il voulait à tout prix faciliter son arrestation, afin qu'il se retrouve rapidement sous les verrous. Il ne pouvait pas s'en tirer pas comme cela. Il fallait qu'il paie très chère pour ce qu'il avait fait !...

L'adjudant chef avait apprit ainsi, que Mickael avait vingt et un ans ; qu'il était employé en tant que mécanicien dans son garage depuis trois ans ; qu'il avait emprunté la voiture d'un client sans aucune autorisation ; qu'il n'avait pas de permis de conduire ; et qu'il avait sans doute pas mal bu auparavant.

Après avoir obtenu ces renseignements BELLAITRE les transmit instantanément au parquet.

Le procureur lança immédiatement un mandat d'arrêt. La photo d'identité de Mickael fut envoyée à toutes les brigades par l'intermédiaire de l'intranet.

Parallèlement, une demande d'information fut demandée à son opérateur téléphonique.

Tandis qu'une démarche était entreprise auprès de la banque sur laquelle était versé le salaire, et auprès du fichier des cartes bancaires. Une patrouille était envoyée à son domicile. Son employeur avait précisé qu'il vivait chez sa grand-mère : impasse du port à Collioure.

Un peu plus tard, Lorsque le téléphone sonna, un gendarme répondit, puis passa aussitôt le combiné à BELLAITRE.

C'était la capitainerie du port de Port Vendres. Le gardien venait de détecter sur la vidéo, un mouvement suspect : une voiture qui venait de s'arrêter, et un gars qui sortait d'un bateau.

*

Youssef arriva décontracté, et en voyant Mickael soulever la bâche du bateau et descendre, lâcha :

- Bin alors Mickey, tu joues à cache-cache ?…

- Je suis content de te voir arriver, je me suis mis dans de sales draps. Répondit Mickael.

- En attendant tu pues drôlement, t'as couché dans une poubelle ou quoi ?

- Tu ne peux pas dire mieux…, je te raconterais…

Toujours relaxe, Youssef alla chercher une couverture, qui ne sentait pas bien meilleure, pour protéger ses sièges et fit signe à Mickael de s'installer dans la BMW, au moment où les lueurs d'un gyrophare commençaient à apparaitre dans la nuit.

Youssef réagit tout de suite. Malgré son poids, il sauta dans la voiture, démarra immédiatement le moteur. En voyant la voiture de gendarmerie arriver face à lui, il mit les pleins phares et fonça dessus. Le gendarme au volant craignant d'être percuté, se serra instantanément à droite, sautant la bordure du trottoir, avant d'immobiliser son véhicule.

Eblouis par les phares, aucun des quatre gendarmes présents à bord ne réussit à relever son numéro d'immatriculation. Ils avaient simplement vu qu'il s'agissait d'une BMW de couleur sombre, avec deux hommes à bord.

Youssef partit sur les chapeaux de roues, et prit d'abord la direction de BANYULS. Il alla jusqu'au premier rond point qui lui permettait de repartir du côté d'ARGELES sur Mer, et de PERPIGNAN. Dans la voiture la tension était montée au maximum. Mickael était tout pâle, et tremblait légèrement. Il n'était pas habitué à ce genre de cavale. Youssef détendit l'atmosphère :

- Te casses pas, je sais où aller !...

Son copain, complètement découragé, répondit :

- Je sens que ça va mal se terminer…, t'as vu dans quel état je suis ! En plus, j'ai mal à ma jambe. Il faudrait mieux que j'arrête. Ce sera mieux pour tout le monde. Ils vont me soigner, et je vais assumer.

- Pas question !, on va chez moi, et on va se débrouiller. S'ils te trouvent, tu vas être obligé de leur dire que c'est moi qui leur ai foncé dessus, et ce n'est pas bon pour les affaires, dit Youssef en souriant.

Il n'avait pas envie d'attirer l'attention des forces de l'ordre. Par contre, il trouvait tout à fait normal d'aider un copain. Chez les voyous, la solidarité ça existe, on s'aide, et on ne se dénonce pas…

- Par contre, si tu veux on passe chez toi, on regarde s'il n'y a pas de flics, et tu prends quelques affaires pour te soigner. Je dois avoir une trousse à pharmacie dans la BM. Demain j'irais chercher ce qu'il faut à la pharmacie. C'est simplement superficiel.

- Oui, je pense qu'il n'y a rien de cassé, mais ça fait un mal de chien, et il y a du sang sur mon jean.

Mickael : une erreur de jeunesse

IV

Le brigadier chef BOUTEAUD venait d'être nommé à la brigade de Port Vendres. Elle avait finit sa préparation militaire, et bien notée, elle avait pu obtenir une affectation dans sa région. Elle semblait assez fragile pour assurer ce genre de travail, mais elle avait du caractère, et ne se laissait pas impressionner.

Elle frappa à la porte de la vieille dame. Personne ne répondit.

Elle était accompagnée du brigadier LEVAL. Ils avaient d'abord utilisé la sonnette à plusieurs reprises, et maintenant, ils essayaient de se faire entendre, car ils étaient certains qu'elle était à l'intérieur de l'appartement.

La voisine alertée par le bruit leur avait confirmé sa présence. Elle avait aussi indiqué qu'elle n'entendait pas très bien, et qu'elle était sans doute couchée.

La gendarmette frappa à nouveau, mais beaucoup plus fort.

Une voix un peu hargneuse se fit entendre :

- Qui c'est ?...

- La gendarmerie nationale, Madame, si vous voulez bien ouvrir !

- Attendez, il faut que je m'habille.

Après un temps qui sembla assez long, la porte s'ouvrit, et une dame âgée apparut dans l'entrebâillement.

C'était une femme de soixante dix huit ans, légèrement voutée, avec la tête des mauvais jours.

Visiblement, ils la dérangeaient.

- Qu'est ce qu'il y a ?

- Madame, nous voudrions savoir si Monsieur Mickael DUVAL habite bien ici.

- Qu'est ce qu'il a encore fait ?

- Pourrions-nous entrer, Madame ? ... il serait préférable d'en parler à l'intérieur.

Les gendarmes lui expliquèrent la raison de leur présence.

La vieille dame réagit peu.

Elle considérait que ça ne la concernait pas. Mickael était venu habiter chez elle parce qu'il n'avait pas d'autres solutions. Sa mère ne s'en était jamais occupée. Quant à son père !...

Quand Mickael il lui avait demandé s'il pouvait habiter chez elle, elle avait d'abord refusé.

Il avait insisté, car il avait trouvé du travail dans Collioure, au garage COULON. Il lui avait proposé de lui payer un loyer, ce qui l'avait décidé à accepter.

Elle n'avait pas de gros revenus. Ce serait un plus pour l'aider à vivre. Mais ce n'était pas pour lui. Il lui était indifférent.

Elle n'avait jamais accepté que sa fille l'ait à seize ans, sans savoir vraiment qui était le père. Même si sa fille s'était mariée trois ans plus tard avec Patrick DUVAL, qui avait accepté de reconnaître le gamin.

Maintenant elle était en retraite depuis plus de dix ans.

Elle avait travaillé toute sa vie dans les ateliers de salaisons de Collioure. Son mari l'avait quitté à cinquante ans pour retourner vivre en région parisienne d'où il était natif.

Le couple n'avait jamais bien fonctionné.

Son caractère s'était aigri au cours des années, si bien qu'elle ne parlait pratiquement à personne. Elle vivait en recluse n'adressant la parole à son petit fils que très rarement, et toujours avec beaucoup d'agressivité.

L'ambiance n'incitait pas Mickael à passer du temps auprès d'elle.

Nantit de ces quelques informations les gendarmes quittèrent l'appartement après lui avoir recommandé de leur signaler immédiatement la présence de son petit fils s'il revenait au domicile, ou s'il donnait de ses nouvelles.

*

Ils avaient quitté les lieux depuis une heure lorsque la BMW arriva à proximité. Youssef alla jeter un coup d'œil, puis signala à Mickael que la voie était libre, et qu'il pouvait y aller.

Ce dernier, se risqua à l'extérieur de la voiture, et peu rassuré gagna l'appartement de sa grand-mère.

Il était situé dans une ruelle derrière les immeubles de front de mer. Elle le tenait de sa mère qui avait à peu près le même caractère, et qui lui avait laissé à sa mort.

Il était plus de minuit, il n'y avait aucun bruit, et Mickael monta les escaliers à pas feutrés. Il avait ses clés, et entra dans l'appartement silencieusement. Mais sa grand-mère l'entendit.

- Alors, t'as encore fait des conneries !

- T'occupes pas.

Il était habitué à répondre à sa grand-mère sur le même ton. Il jeta rapidement quelques vêtements dans un sac de sport, et quelques produits de toilette, ainsi qu'un net book qu'il avait acheté récemment. Puis, il rejoignit rapidement Youssef qui écoutait du rap dans la voiture. Il ne devait pas connaître le stress !

A peine avait-il quitté l'appartement que sa grand-mère décrochait un vieux téléphone.

- Allo, je suis bien à la gendarmerie ?

*

La nuit était très froide, sans doute proche de 0°, température très inhabituelle pour la région.

Youssef n'aimait pas trop marcher, mais il rangea la BMW assez loin du lieu où il se rendait. Dans un petit parking à l'abri des regards.

Ils remontèrent avec Mickael, la zone technique, avant de regagner le port des CAPELLANS. La planque de Youssef était en réalité l'appartement de Madame ARMAND, situé dans la marina.

Il s'était installé chez elle, profitant de l'absence de la vieille dame.

A cette période, il était parfaitement tranquille. Il ne savait pas que la propriétaire était très souffrante, mais il savait qu'elle ne reviendrait pas avant le printemps.

Il fit rentrer son copain, et lui expliqua brièvement qu'il disposait de ce lieu à sa guise.

De plus, il avait pu amarrer son bateau, le Leader 650, à l'anneau qui correspondait à l'appartement.

Constitué de quatre pièces principales, celui-ci était placé au rez-de-chaussée, et disposait d'un petit jardinet face au plan d'eau d'où l'on pouvait profiter de la vue sur les bateaux.

Pas mal !..., pensa Mickael. Décidément Youssef savait toujours se débrouiller pour s'en sortir …

Une fois à l'intérieur, tout semblait rentrer dans l'ordre. Il put prendre une douche, se changer, et ayant ramené de la BMW une vieille trousse à pharmacie, il put se soigner.

En guise de désinfectant, son copain lui avait mis un peu de whisky sur une serviette. Il frotta un peu sa plaie qui était surtout superficielle, et se fit un bandage avec un pansement trouvé dans la trousse.

Ensuite, Ils firent chauffer au micro-onde une pizza que Youssef avait achetée la veille, et se la partagèrent, accompagnée d'une bouteille de vin Roussillonnais qu'ils vidèrent avant d'aller se coucher.

Il était deux heures du matin, heure qui leur était assez coutumière, et ils dormirent d'un sommeil profond jusqu'au lendemain midi.

Leurs rêves furent différents : l'un se voyait multimillionnaire, fumant et buvant, entouré de filles ; l'autre rêvant d'une vie paisible, où tout redevenait simple.

Au réveil, Mickael se rendit compte que ce n'était qu'un rêve…

Après avoir grignoté quelques tartines grillées, faute de pain frais, et prit un grand café avec Youssef, ce dernier partit pour Perpignan.

Il devait rejoindre le quartier Gitan pour ses affaires, et surtout pour chercher à négocier sa BMW dont il voulait se débarrasser. Elle était devenue trop voyante.

Il l'a céda pour presque rien, et reprit un coupé Mégane décapotable de quelques années, en rajoutant un bon billet. Les gitans étaient des gens durs en affaire. Mais il avait les moyens !

Il revint tard le soir, et Mickael trouva la journée très longue. Il n'osait pas sortir, pour éviter de se faire repérer, et ressassait la journée de la veille, ne voyant pas d'issue. Il considérait sa vie… Ce n'était pas le top !

Dès son plus jeune âge, il avait été placé.

Sa mère avait pété les plombs. Elle était sortie en boite, et était revenue complètement saoule. Son père l'avait frappée comme à son habitude. Les services sociaux avaient été alertés, et avaient décidé que le couple n'était plus apte à s'occuper de cet enfant.

Il se souvint de cette nuit de juin, où il avait été emmené dans un centre pour des enfants comme lui ; de cette immense chambre sans âme, dans laquelle il avait passé une période qui lui avait paru une éternité ; des contraintes de la collectivité ; des douches qu'il devait prendre avec les autres enfants ; des repas où ils l'obligeaient à manger des légumes horribles, qu'il détestait ; et de ces longs moments de solitude, notamment ceux qui s'écoulaient avant de s'endormir.

Il aurait voulu que sa mère le prenne dans ses bras, qu'elle le cajole. Bien qu'elle ne l'ait jamais fait !

Plus tard, il fut transféré dans une famille d'accueil, dans les Landes. Dans une grande ferme située en Chalosse, dans un village perdu.

Très renfermé sur lui même, il trouva une vraie famille, et fut élevé par Mariette, qui s'en occupait comme de ses deux autres enfants.

Elle trouvait le temps de lui donner un peu de cette affection qui lui manquait. Il y avait passé de très bons moments. Même s'il regrettait que ce ne soit pas réellement sa famille. Il lui arrivait parfois de l'oublier. Il s'était attaché à eux.

Il se souvint des quatre cents coups qu'il avait faits avec ses frères et sœurs d'adoption, de leur complicité qui leur valait parfois d'être un peu sermonné, mais c'était toujours sans gravité.

Mariette criait un peu, en souriant au fond d'elle même de les voir heureux.

A seize ans, ses bulletins scolaires n'étant pas merveilleux, il fut placé dans un centre d'apprentissage.

Interne, il ne revenait que rarement dans les Landes, mais il n'avait pas coupé les liens.

Après avoir obtenu son CAP de mécanicien, il dut se trouver un employeur.

Il avait dix huit ans, et était majeur. Il devait pouvoir subvenir à ses besoins. Ainsi, Il avait tenté de se rapprocher des Landes, mais l'emploi était très rare.

Un poste s'était alors présenté à Collioure. Il avait pu s'organiser pour se loger, mais il n'avait pas trouvé le vrai bonheur.

Il était là, à réfléchir, entre deux sentiments sur sa situation. Personne n'avait pas parlé de lui sur les grandes chaines de télévision qu'il avait scrutées avec attention toute l'après-midi. C'était bon signe !...

Mais ce soir sur France 3, aux informations régionales, un journaliste avait évoqué l'accident : *« Un chauffard en fuite, avait occasionné un accident violent à Port Vendres »*. Il précisait qu'il y avait eu un blessé léger, et que le chauffard était activement recherché par la Police.

C'est alors que Youssef rentra, il était vingt deux heures.

- Ça va, mec ?

- J'déprime un peu, mais…

- T'inquiètes…

Il déposa un sac avec quelques victuailles sur la table, et se dirigea vers sa chambre, dans laquelle il déposa sa veste, et rangea une enveloppe.

Puis il revint, toujours avec le sourire.

- On va becter un peu, demain on a du taf !

Mickael était tenté de poser une question, mais préféra s'abstenir.

Il n'était pas enclin à de grandes conversations. Ils regardèrent un peu la télé. Une émission sur la huit. Moyen, moyen… , mais ça faisait rire Youssef. Ils burent deux bières et allèrent se coucher.

*

Pendant ce temps, l'enquête avançait, L'adjudant chef BELLAITRE recueillait des informations.

La capitainerie de Port-Vendres lui avait communiqué la bande vidéo de la veille, et un agrandissement permettait de distinguer clairement Mickael DUVAL, ainsi que le numéro d'immatriculation de la BMW.

Celle-ci appartenait à un certain Pascal LELOIN, demeurant à Saint Etienne. Le propriétaire incriminé, certifia aux gendarmes locaux, qu'il avait vendu son véhicule à un certain José ALEXANDRE, dont l'identité se révéla fausse. Ce qui eut pour effet d'énerver particulièrement le gendarme.

Les interrogatoires allaient bon train. La légère médiatisation suffisait au procureur pour mettre la pression. D'autant plus que les recherches du côté de Collioure, suite au coup de téléphone de la grand-mère, n'avaient rien donné.

Ils n'avaient pas réussi à interpeller les auteurs.

L'enquête était dans l'impasse. Mais il avait d'autres raisons d'être inquiet, une personne était décédée à son domicile d'une overdose.

C'était de plus en plus fréquent, et c'était le deuxième décès dans les mêmes conditions ce mois-ci. Ce n'était pas parce que les autres brigades rencontraient en ce moment le même fléau qu'il fallait s'en réjouir.

V

Youssef se leva très tôt, et réveilla aussitôt son copain.

- Qu'est-ce qui ce passe ?

- Prépares toi, On va à la pêche.

- A la pêche !..., répéta Mickael, incrédule.

- Ben oui... T'aimes pas la pêche ?

Il sortit, et revint vingt minutes après avec une clayette de sardines fraîches, et deux anguilles de mer. Ils prirent un café rapidement, puis embarquèrent sur le Leader 650 avec deux cannes à pêche.

Après un temps d'hésitation, le moteur toussa, puis démarra dans une fumée opaque. C'était un moteur Volvo de 205 chevaux, qui avait des heures de navigation, mais qui fonctionnait bien.

La mer était assez calme, seule une petite brise soufflait. Ils sortirent du port à allure lente, puis Youssef mis les gaz plein sud.

Il faisait toujours aussi froid, Mickael regretta de ne pas s'être mieux couvert.

Décidément Youssef était surprenant !

Aller à la pêche par un temps pareil, qu'elle drôle d'idée ?...

Ils passèrent au large de Collioure, puis de Port Vendres, et subirent un peu de houle au Cap Bear. Ils laissèrent Banyuls de côté, puis Portbou.

Au bout d'une heure trente de navigation, ils s'engagèrent dans l'enclave de Cadaqués en Espagne, pour finir par accoster sur un bout de quai, assez éloigné des autres bateaux.

Youssef passa un coup de fil.

Un quart d'heure plus tard, trois gars arrivèrent avec sur l'épaule de grands sacs de plage. Ils montèrent à bord. Visiblement tout le monde se connaissait. Ils burent des bières qui se trouvaient dans une glacière à bord du bateau, puis repartirent en laissant leurs sacs dans la cabine.

Une fois partis, Youssef lui expliqua que les sacs contenaient des cigarettes, et qu'il y avait un bon bénéfice à faire au passage. C'était le bisness !...

Il sortit des jumelles, et briffa Mickael sur ce qu'il devait faire.

Il devait surveiller l'environnement, pendant que Youssef pilotait le bateau, et signaler s'il apercevait au loin un bateau des douanes. Les cannes à pêche et les appâts serviraient à ce moment là, à donner le change, et à faire croire qu'ils étaient à la pêche. Tout était bien organisé.

Le retour fut un peu plus laborieux, la houle s'était formée, et le bateau tapait davantage. Mickael était un peu bousculé, et avait un peu de mal à surveiller l'environnement comme Youssef lui avait demandé. Mais vu le temps, il y avait peu de bateaux en mer.

L'amarrage au port des Capellans, fut assez délicat, et le bateau faillit taper à plusieurs reprises dans le ponton.

Youssef déchargea les sacs, se dirigea rapidement vers sa voiture, puis il prit la direction de Perpignan. Ils n'avaient pas été inquiétés durant le retour, et tout allait bien !...

*

Ce jour là, comme la veille, Mickael se retrouva seul. Il alluma la télé. Personne ne parlait de lui, mais Il se sentait un peu oppressé, pris en otage. Comment refuser à Youssef de l'aider ?...

Alors que celui-ci s'était mis en dix pour le sortir de son guêpier. Par contre s'ils étaient arrêtés ses problèmes n'iraient pas en s'arrangeant !... Il fallait patienter, et essayer de trouver une solution.

La veille Youssef lui avait trouvé des papiers. Dans ses petits larcins, il avait cumulé des portefeuilles avec des pièces d'identité. Par sa ressemblance avec Mickael, la pièce d'identité d'une de ses victimes semblait pouvoir lui convenir. D'un vol de voiture avec délit de fuite, il passait maintenant dans la vraie délinquance. Il repartit dans ses pensées.

Qu'en penserait Sabrina, s'il elle le voyait dans cette situation ?

Il se rappelait les moments qu'ils avaient passés ensemble, la première fois où il l'avait embrassé, et les moments d'intimité passés chez ses parents durant leurs absences. L'aimait-il vraiment ?... Et elle, que devait-elle penser ?...

Avait-elle apprit ce qu'il avait fait ?...

Au fond, il n'était pas sûr qu'elle soit trop surprise. Elle n'avait pas une très bonne opinion sur lui. Il faudrait mieux l'oublier…

La soirée se passa comme la précédente, et le lendemain, il se risqua à sortir un peu.

Il alla jusqu'au supermarché faire quelques courses, en ayant l'impression que tout le monde le surveillait. Il finit par se rassurer, les gens l'ignoraient.

Dans la semaine suivante, ils refirent deux sorties à Cadaqués. Mickael assurait la surveillance au retour, et tout se passa bien.

Le mardi qui suivait, ils eurent à l'aller un léger problème de fonctionnement mécanique.

L'alarme du bateau se déclencha.

Youssef coupa immédiatement le moteur pour ne rien casser. Ils n'avaient pas de moteur de secours, et ils sentirent monter l'inquiétude. Se retrouver en panne, seuls en mer, n'était pas une perspective réjouissante.

Il remonta l'embase, et se rendit compte que ce n'était qu'un sac poubelle qui obstruait le système de refroidissement, et qui avait déclenché l'alarme. Rien de bien grave !

Ils le récupérèrent, redescendirent l'embase, et purent reprendre leur trajet jusqu'à Cadaqués.

Au retour, les choses se gâtèrent.

Mickael aperçut dans ses jumelles un bateau gris d'une quinzaine de mètres de long, portant un pavillon aux couleurs nationales. Il sortait de Port Vendres.

Au départ, il semblait s'orienter vers le sud, côté cap Bear.

Mickael et Youssef étaient assez éloignés de la côte dans l'axe de Port Vendres. Ils suivirent attentivement sa trajectoire.

Le bateau des douanes naviguait apparemment très lentement. Il sortait du port, et la houle le faisait bouger un peu. Dans son apparence, tout était calme à bord. Il semblait patrouiller sans réel objectif.

Tout à coup, il changea de cap, et les deux copains virent un sillon important se creuser derrière le navire. Il venait de prendre de la vitesse, et se dirigeait maintenant droit sur eux.

Les deux garçons se regardèrent…

Ils tendaient le dos espérant qu'il change de cap. Mais il n'y avait aucun doute, il restait dans leur direction. Ils allaient être contrôlés.

Mickael réagit tout de suite, il sortit les sacs et très rapidement les jeta par-dessus bord, du côté opposé au bateau des douanes pour tenter d'échapper à leur vision.

Les sacs étaient assez lourds, ce qui l'étonna, car les cigarettes ne pèsent pas généralement aussi lourds.

Par contre ils coulèrent assez vite.

Surpris, Youssef jura :

- Merde, de merde, de merde…, je suis foutu !, t'es dingue ou quoi ?

Il savait pourtant qu'il n'avait pas d'autre solution. Il tenta de retenir au GPS la position géographique, mais le sondeur indiquait quarante sept mètres de fond. Autant dire qu'il serait très difficile de récupérer la marchandise, et dans quel état !

Ils devaient se montrer comme de vrais pêcheurs, car les douaniers se plaçaient déjà en position pour accoster à leur bord. Il n'y avait aucuns moyens d'échapper.

Des douaniers descendirent à bord, alors que d'autres surveillaient la manœuvre, et assuraient la sécurité. Les deux bateaux cognaient un peu, bien qu'ils aient placé entre eux des défenses imposantes.

Ils commencèrent en premier par vérifier les identités. Heureusement, Youssef avait des papiers en ordre, pour lui même et le bateau, ou tout au moins ils pouvaient être crédibles.

Mickael présenta sa carte d'identité. Il s'appelait maintenant Nicolas JEANNEAU. Les douaniers notèrent leurs noms, les coordonnées du bateau, puis l'inspectèrent de fond en comble.

Ne trouvant rien, ils quittèrent le navire, en conservant toutefois quelques doutes.

Pour la première fois, Mickael vit Youssef effondré. Malgré son teint basané, Il était livide. Il marmonnait comme s'il s'agissait de la plus grande catastrophe de sa vie. Ils rentrèrent à Saint Cyprien et rejoignirent leur embarcadère au port des CAPELLANS.

Une fois rentrés à l'appartement, Youssef se lâcha.

- Je vais les avoir sur le dos, je n'ai aucune chance.

- Quand même, répondit Mickael, ce n'est si grave, ce ne sont que des cigarettes. On peut peut-être rembourser ?...

- Mon c . , tu ne sais pas pour combien il y avait là dedans !...

- De quoi ?

- C'était de la vraie..., de l'héroïne !... Il y en avait pour une fortune. Je suis cuit, on ne peut pas rester là !

- Où veux-tu qu'on aille ?

- On va tout laisser, et aller chez moi à ELNE. Ils ne connaissent pas, ensuite on verra…

*

On ne pouvait pas dire si Moussa avait soixante ou quatre vingt ans. D'origine Algérienne, Il parlait mal le français, bien qu'il soit arrivé en France depuis très longtemps.

C'était le père de Youssef. Il se tenait très bien, et démontrait une force de caractère, mêlée de fierté, qui dénotait avec son fils.

Sa mère s'occupait de ses deux grandes filles, et des quatre petits enfants d'un de ses frères. Ils l'accueillirent avec beaucoup d'amabilité.

Mickael ne posa pas de questions. Il essayait d'être correct, et de se montrer courtois. Ces gens acceptaient de l'héberger, et méritaient son respect.

Ils habitaient dans une cité HLM, et bien que leur logement soit petit, ils le recevaient sans hésitation, conservant par tradition un grand sens de l'hospitalité. Ils lui avaient trouvé quelques coussins, et l'avaient installé dans une chambre qu'il devrait partager avec les enfants.

La situation était particulièrement gênante. Mais les parents de Youssef semblaient trouver cela normal, et ne s'en offusquaient pas.

Mickael resta trois jours ainsi, s'accoutumant comme il pouvait du cérémonial familial.

En sortant pour faire quelques courses, afin de contribuer à sa nourriture, il acheta un journal pour s'informer des recherches éventuelles qui le concernaient.

En le parcourant, il retient une petite annonce qui l'interpella : Un ostréiculteur recherchait de la main-d'œuvre en raison du surplus de travail lié aux fêtes de Noël.

Youssef restait surtout cloitré, mais accepta d'emmener Mickael à Port Leucate où se trouvait le parc à huitres.

*

Le vent soufflait sur les étangs, et Gaston travaillait d'arrache pied, s'inquiétant des commandes à fournir pour les fêtes.

Jacky l'avait lâché au mauvais moment, ils n'étaient plus qu'à trois pour remonter les huitres, les trier, et préparer les caisses.

Heureusement la saison avait été favorable, et les services d'hygiène n'avaient pas trouvé de raison d'interdire la consommation, comme ce fut le cas dans certains départements.

« Ces c…. là, n'avaient rien à foutre que d'em…….. le monde !... » Pensait Gaston.

Il n'aimait pas s'embarrasser de formalités. Habitué aux travaux rudes de la mer, il avait durcit sa carapace, et ne voulait pas s'encombrer des paperasses, et d'obligations diverses.

Aussi quand il vit arriver Youssef et Mickael, il eut un regard peu accueillant. Puis, lorsque Mickael se présenta sous le nom de Nicolas JEANNEAU, il se détendit légèrement. Il faut dire qu'il était un peu raciste, et ne s'en cachait pas.

Mickael lui expliqua qu'il avait lu l'annonce, et que le travail l'intéressait.

- Vous connaissez le boulot.

- Non, mais j'apprends vite, il suffit de me montrer…

- Je n'ai pas beaucoup de temps, et ici il ne faut pas avoir peur de mettre les mains dans la flotte et de bosser !...

- Je suis courageux. Par contre, je n'ai pas de moyens de transport, et je ne sais pas où loger !

Gaston se dit que de toute façon, il lui fallait de l'aide. Il continua à l'interroger un peu, et pensa que ce garçon ne serait pas difficile au point de vue salaire. Il lui proposa de l'héberger dans un vieux mobil home qu'il avait pour les saisonniers, et lui indiqua qu'il le paierait en espèce, ce qui arrangeait Mickael. Il n'avait pas le choix et accepta immédiatement.

Après une tape dans le dos, Youssef le laissa, et reprit la route. Ils ne savaient pas que leur chemin s'arrêterait là.

Les deux semaines qui suivirent furent particulièrement difficiles. Les mains abimées par les huitres, et par le sel, mais aussi par le froid, Mickael souffrait beaucoup.

A la fin de la première semaine, il entendit appeler :

- Nicolas

Il mit du temps à répondre, ce nom ne lui était pas familier.

- Oui, qui a-t-il ?

- J'ai une enveloppe pour toi.

Gaston lui tendit une enveloppe sale, dans laquelle il trouva deux billets de cinquante euros.

Il travaillait près de douze heures par jour, y compris le dimanche, et s'était franchement de l'arnaque. Mais il était nourrit et logé, donc il ne pouvait pas dire grand-chose. Et, où pouvait-il aller ?...

Après avoir passé deux semaines ainsi, il trouva une opportunité.

Il avait pu discuter avec un client qui venait chercher quelques huitres pour le jour de l'an, et celui-ci avait une entreprise d'accastillage, et de vente de bateaux à Argelès sur mer. Il recherchait un mécanicien.

Mickael : une erreur de jeunesse

VI

Le bungalow que Monsieur DANOIS avait mis à sa disposition était beaucoup plus agréable.

Nicolas (il commençait à s'habituer à ce nom) avait été embauché facilement. L'entreprise DANOIS était une entreprise familiale, bien tenue, et de bonne réputation.

Tout le monde semblait avoir oublié Mickael. Il sortait peu, et se montrait discret.

Les gendarmes étaient passés à autre chose, occupés par d'autres affaires.

Il avait tout de même faillit avoir quelques problèmes lorsque la fille du patron, qui s'occupait entre autre du secrétariat, avait préparé son contrat de travail. Il lui avait fallu inventer des prétextes, un numéro de sécurité sociale, et justifier qu'il n'avait pas sur lui de certificat de travail, ou de curriculum vitae. Elle avait beaucoup insisté, et c'était son père qui était intervenu pour lui dire de ne pas trop en faire, car il jugeait sa fille un peu trop exigeante.

La même chose s'était produite, lorsqu'il avait ouvert un compte bancaire. Il savait que cela allait être indispensable pour toucher sa paie.

Quand au travail, Nicolas donnait toute satisfaction à son patron. C'était un très bon mécanicien.

Le problème qu'il avait eu avec l'erreur de diagnostic, chez son ancien patron, était dû essentiellement aux conditions dans lesquelles il travaillait. Il fallait s'occuper de tout le monde en même temps. Monsieur COULON était toujours entrain de râler, et les outils à disposition, notamment la valise informatique, étaient plus que périmés.

De plus c'était son patron qui lui avait demandé de changer une pièce qui ne correspondait pas, sans ne lui laisser aucune initiative.

Ici, au moins, il pouvait se concentrer sur son travail, et le faisait avec goût. En hiver, il devait procéder aux réparations importantes, à des changements de moteurs hors bords de nouvelles générations, faire les mises au point, et poser des systèmes électroniques. Il devait aussi préparer des bateaux qui avaient été vendus au salon.

*

Deux mois se passèrent ainsi, et nous étions maintenant en février.

La journée était splendide, digne d'un printemps. Ce matin il n'y avait aucun vent, c'était une mer d'huile. Il lui arrivait de faire des essais, et personne ne lui posait de questions. Le chantier DANOIS était connu de longue date.

Il prit la mer avec un petit runabout de six mètres, sur lequel il venait de changer un moteur deux temps, pour un quatre temps de nouvelle génération.

Le bateau cavitait un peu, et il cherchait le meilleur réglage du trim. La mer entre-temps s'était formée, et le vagues atteignaient plus d'un mètre de haut. Nicolas pensait à rentrer.

C'est alors qu'il aperçut un voilier d'environ huit mètres en perdition. Quatre à cinq jeunes étaient dessus et faisaient des grands signes de détresse. Immédiatement, Nicolas se dirigea vers eux.

Les jeunes essayaient d'aider un des leurs qui était tombé à l'eau, mais leur bateau était ingouvernable. Les voiles n'étaient pas installées, et le moteur était à l'arrêt.

La personne à l'eau paniquait.

Nicolas, manœuvrait son bateau à merveille. Il avait un don pour la navigation. Il se rapprocha du nageur qui commençait à perdre des forces, et était sur le point de se noyer. Il se mit au point mort, et réussit à attraper la personne en difficulté. Malgré le poids, il parvint à le hisser à son bord. Le jeune homme était à bout de souffle. Il recracha un peu d'eau, puis reprit petit à petit des forces.

Nicolas retira son blouson, et le couvrit un peu, car il tremblait.

Ensuite, il se rapprocha du voilier, et tendit un bout à un passager qui l'agrippa avec satisfaction. Un autre garçon et trois fille étaient présents à bord, et semblaient soulagés.

Il apprit ensuite que les voiles du navire étaient en réparation, et qu'ils étaient sortis uniquement au moteur, qui avait fini par tomber en panne faute de carburant. Quand au presque noyé, il avait glissé du pont en essayant de faire des signes de détresse.

Une fois en remorque, Nicolas les ramena au port. Ils mirent un peu de temps car le voilier était assez lourd, et la mer pas facile en raison du vent, mais ils purent rejoindre leur emplacement habituel, et réussirent à s'amarrer.

Une des jeunes filles prénommée Alexia, se montra très reconnaissante auprès de Nicolas. Peut être un peu trop, il se sentit mal à l'aise.

Prévenu par téléphone, le père du jeune homme tombé à la mer, Monsieur Gilles WAGNER, vint les rechercher. Il remercia très chaleureusement Nicolas, et félicita son patron d'avoir un tel employé.

Redevenu lui-même, Mickael s'endormit cette nuit là d'un sommeil très profond.

Mickael : une erreur de jeunesse

VII

Cette même nuit, un cri horrible se fit entendre à des centaines de mètres à la ronde, dans tout le secteur de l'esplanade d'Argelès sur mer. Les voisins se précipitèrent aux fenêtres.

Il s'agissait d'un cri inhumain, qui glaçait le sang, et donnait des frissons. Personne n'aurait pu imaginer ce qui venait de se passer. Mêmes ceux qui avaient un profond sommeil furent réveillés.

Tous se précipitèrent aux fenêtres. Malgré l'obscurité, un clair de lune permettait de distinguer une forme étendue sur le sol.

Un homme gisait à terre, dans une mare de sang. Il venait de se faire égorger.

Plusieurs appels téléphoniques se déclenchèrent chez les pompiers, et à la gendarmerie. Immédiatement le secteur fut bouclé, et la police scientifique prévenue.

La SRPJ de Perpignan fut très rapidement sur les lieux. Les policiers spécialisés photographièrent la scène de crime, et relevèrent toutes les empruntes. Un travail laborieux allait commencer.

Il fallait d'abord identifier le plus rapidement possible la victime. Des témoins avaient entendu une dispute. Apparemment un problème d'argent !, des menaces, puis un cri épouvantable qu'ils ne réussissaient pas à décrire.

Une voiture avait démarré sur les chapeaux de roues, ce devait être une voiture allemande de grande dimension.

Ils en tremblaient encore d'émotion.

La victime avait eu la gorge tranchée par un cutter, la plaie était béante. Il s'était vidé de son sang en très peu de temps, et était mort presque instantanément. Il avait à peine eu le temps de réaliser ce qui lui arrivait. Son agresseur n'était visiblement pas à son coup d'essai !

L'homme qui gisait à terre était connu de la police pour des petits délits, et suspecté de différents trafics. Il se nommait Youssef ALIMI.

Lorsqu'il apprit ce qui s'était passé, Mickael eut du mal à réaliser, et faillit se trouver mal. Ce n'était pas possible, c'était incroyable...

Ils n'avaient pas pu faire cela !... Pas à Youssef. Ce n'était pas un mauvais garçon, et il avait été si sympa avec lui. Il l'avait tant aidé...

Appuyé contre la coque d'un bateau, et perdu dans ses pensées, Mickael ne vit pas tout de suite les gendarmes qui venaient l'interpeller...

*

Les employés de la caisse régionale d'assurance maladie s'étaient interrogés : Comment se faisait-il, qu'ils avaient une déclaration d'embauche pour un certain Nicolas JEANNEAU, alors qu'il n'apparaissait plus sur aucun fichier depuis plus d'un an ?

Une demande d'enquête fut diligentée auprès de la gendarmerie. Celle-ci coïncidait, avec une recherche effectuée par la brigade des douanes de Port Vendres qui s'était rendu compte que le bateau « Espérance » n'appartenait pas à un certain Youssef ALIMI, et que ce dernier était suspecté de trafic de stupéfiants.

L'enquête lancée, suite à son assassinat, orientait les recherches vers les milieux gitans.

Qui était ce Nicolas JEANNEAU, qu'ils avaient contrôlé avec lui, sur ce même bateau ?

Ils firent des recherches plus approfondies et furent surpris de ce qu'ils découvrirent.

L'Adjudant chef BELLAITRE reçut ces informations, et décida immédiatement d'aller enquêter dans l'entreprise, où le dénommé Nicolas JEANNEAU était sensé travailler. Il se fit accompagner par un brigadier.

Arrivés sur les lieux, Ils se dirigèrent vers l'accueil.

C'était un petit local intégré dans un magasin d'accastillage. Une jeune fille se trouvait derrière un bureau. Elle n'était pas vraiment jolie, mais elle avait un certain charme. Brune avec des grands yeux noisette, elle ne devait pas être très grande, et paraissait un peu sévère.

L'adjudant chef observa les lieux comme s'il cherchait quelque chose, puis se présenta.

- Bonjour, pouvons-nous parler au directeur ?

- C'est mon père. Il est parti voir un client !

- Nous recherchons un certain Nicolas JEANNEAU, est-il exacte qu'il travail ici ?

- Oui, nous l'avons embauché récemment, c'est pourquoi ?

Le gendarme ne répondit pas, mais il lui sembla déceler dans la réponse, que cette demoiselle n'appréciait pas forcément le nouvel employé.

Il l'interrogea de nouveau.

- Vous l'avez recruté comment ?

- Mon père cherchait un mécanicien, et Monsieur JEANNEAU dépannait momentanément un ostréiculteur de Port LEUCATE. C'est là qu'ils se sont rencontrés.

- Où est-il en ce moment ?

Mathilde lui montra d'un geste, où il se trouvait. Il travaillait sur l'embase d'un bateau installé sur un ber du chantier.

- Quelle est la personne qui s'est occupée de l'embauche ?

- C'est moi !

- Ses papiers étaient-ils en ordre ?

- Je n'ai pas eu de CV, ni de certificat de travail, et Il n'a pas pu présenter de diplôme, mais j'ai établit son contrat sur la base de sa carte d'identité. Nous avions absolument besoin de personnel, et mon père a insisté !

- Merci, Mademoiselle, nous devons l'interroger, nous vous convoquerons sans doute prochainement à la gendarmerie, pour compléter notre dossier.

Il sortit, et se dirigea vers Nicolas. Celui-ci blêmit lorsqu'il comprit qu'ils se dirigeaient vers lui, et fut d'abord tenté de fuir, mais il resta immobile. Pris entre la peur, et un certain soulagement. Son cauchemar allait pouvoir prendre fin.

- Monsieur Nicolas JEANNEAU, lança l'adjudant chef BELLAITRE.

- Oui, répondit timidement Mickael.

- Veuillez nous suivre, vous êtes en état d'arrestation !

Malgré le fait qu'il se soit attendu à cette interpellation, Mickael fut décontenancé, prononça à peine le mot « pourquoi ! ».

Personne ne répondit. Le brigadier sortit des menottes, et lui passa, devant le regard médusé de Mathilde qui observait la scène de loin.

L'adjudant chef ajouta.

- Il est onze heures zéro sept, à partir de maintenant, je vous informe que vous êtes en garde à vue !

Il lui indiqua ses droits, notamment qu'il pouvait garder le silence, mais aussi qu'il pouvait se faire assister par un avocat. Puis ils montèrent en voiture, et prirent la direction de la gendarmerie de Port Vendres.

*

Dans la voiture, Mickael réfléchissait. Pourquoi ne l'appelaient-ils par son vrai nom ?... Il s'interrogeait. Peut être n'étaient-ils pas au courant de tout ?

Il se repassait en détail, les semaines passées : l'accident, le trafic de stupéfiant, ses emplois, l'assassinat de Youssef. Que lui voulaient les gendarmes dans tout cela ?

Arrivé à la brigade, il dut subir certaine formalités liées à la sécurité, puis se retrouva dans un bureau exigu où tout était vieux, et sentait l'ancien. Les peintures auraient eu besoin d'une rénovation, et le matériel de bureau avait du voir passer des quantités de personnes différentes.

L'adjudant chef, commença par reprendre son identité. Il tapait sur le clavier d'un vieil ordinateur, de façon méthodique, comme si cela n'avait aucune importance. Un travail routinier, apparemment sans grand intérêt.

Dès que Mickael prononça le nom de Nicolas JEANNEAU, Roger BELLAITRE changea de visage, et le coupa brutalement, d'une voix volontairement déstabilisante.

- Non !..., ne jouez pas à cela avec moi !... Nous savons que Nicolas JEANNEAU est mort, et que vous l'avez assassiné !

Comme assommé, Mickael, marmonna.

- Ce n'est pas possible, je n'ai pas fait cela !...

- Monsieur Nicolas JEANNEAU a été trouvé mort, assassiné, sur le parking du GRAU DU ROY le 23 mai de l'année passée, et vous êtes en possession de ses papiers. Vous ne croyez pas que c'est suffisant ?...

- Mais je n'y suis pour rien !

- Alors comment se fait-il que vous utilisiez son identité ?

- On m'a donné ses papiers !

- Qui ?

Mickael ne répondit pas. Il se refusait à dénoncer son copain, bien que celui-ci ne risque plus de lui en vouloir. Il ne voulait pas trahir sa mémoire.

Il n'eut pas besoin de le dire.

L'enquête avait fait ressortir que le suspect s'appelait Mickael DUVAL, qu'il avait occasionné un accident avec une voiture volée, en conduisant sans permis de conduire, sans doute en excès de vitesse, et peut-être alcoolisé, à cela s'ajoutait un délit de fuite. Il était aussi suspecté de trafic de stupéfiant. Mais le plus important était cet assassinat pour lequel on le rendait coupable.

La victime avait été frappée violemment au niveau de la nuque. Elle présentait quelques griffures aux bras, et ses vêtements étaient déchirés prouvant qu'elle avait cherchée à se défendre.

Sa voiture avait été retrouvée dans un fossé quelques kilomètres plus loin. Cela ne pouvait être que quelqu'un de peu expérimenté. Quelqu'un, qui avait déjà occasionné un accident, et qui avait usurpé son identité.

Après huit heures de garde à vue, Mickael fut présenté au juge d'instruction. Celle-ci était une femme d'une cinquantaine d'année, au visage inexpressif, qui lui lut d'une voix monocorde les différents chefs d'accusation.

Dans sa détresse Mickael avait signé le procès verbal d'audition, ne réalisant pas vraiment ce qui lui arrivait. Il ne fut pas surpris lorsque la juge lui annonça.

- Monsieur, vous allez être transféré en détention provisoire, dans l'attente de votre procès. Désirez-vous faire appel à un avocat ?

- Je n'en connais pas !

- Vous pouvez en faire la demande, et un avocat vous sera commis d'office.

- Je veux bien.

Il avait répondu d'une voix presque inaudible, sans vie, complètement abattu.

Les gendarmes le ramenèrent à la brigade. L'un d'eux lui dit :

- Eh bien mon gars t'es mal parti, si tu t'en sorts avec vingt ans tu auras de la chance !...

La route défilait comme si plus rien n'était naturel. Il était en plein cauchemar, il aurait voulu se réveiller, mais il ne réagissait plus.

Il retrouva sa cellule à la brigade, pendant que se décidait son transfert en maison d'arrêt.

*

La prison de PERPIGNAN, n'était pas des plus accueillantes, et sa vision le fit trembler.

A peine arrivé, il fut entièrement fouillé, puis débarrassé de ses vêtements, et douché. Il dut enfiler une tenue réglementaire qui n'était pas à sa taille. Il fut photographié, et dû se soumettre à différents processus d'identification.

Il fut ensuite dirigé vers un bureau, où un fonctionnaire examina son dossier. Il prenait son temps, dans un long silence. Puis il lui indiqua les consignes qu'il devait impérativement respecter : ne pas s'y plier, s'était s'exposer à de graves sanctions, des cellules étaient prévues pour les insoumis. Tout manque de respect envers les gardiens serait puni sévèrement.

Il pourrait éventuellement recevoir des visites, mais pas immédiatement. Il devrait d'abord obtenir l'accord du juge d'application des peines, et du directeur de l'établissement pénitencier.

Le moral au plus bas, Mickael entra dans une cellule dont l'odeur sentait la sueur et les relents d'excréments.

Deux autres détenus se trouvaient déjà à l'intérieur, et semblaient ne pas être trop enchantés d'avoir de la compagnie. Mickael se risqua :

- Bonjour

Ils le regardèrent avec méfiance, mais personne ne répondit.

Le gardien indiqua à Mickael son lit, et celui-ci se retrouva seul, ignoré par ses voisins de cellule. Il était totalement démuni. L'enfer devait être là, et il commença à réaliser quel allait être son avenir.

Il s'allongea sur le lit qui lui avait été attribué, et ne bougea plus. N'ayant pas de montre, Il n'arrivait même plus à situer quelle heure il pouvait être : seize heures ?... Peut être dix sept ?... Peut-être plus ?…

Il envisageait des années à passer comme cela. Non !..., ce n'était pas possible, c'était pire que tout ce que l'on pouvait imaginer.

Après un temps interminable, deux gardiens vinrent les chercher pour le réfectoire. Il s'y rendit dans l'indifférence générale. Son plateau était peu ragoutant, mais cela n'avait pas d'importance, il n'avait pas faim !

Les jours qui suivirent augmentèrent encore sa déprime. Il ne supportait plus, et pris la décision de cesser complètement de s'alimenter. Il voulait mourir ! Les autres détenus récupéraient son plateau. Cette grève de la faim l'affaiblissait, et au bout de dix jours il ne tenait plus sur ses jambes. Tout se mis à tourner autour de lui. Il perdit connaissance, et s'écroula dans le couloir central.

Il se réveilla à l'infirmerie, et dans un état second. Après un long moment, il réalisa qu'il avait été placé sous perfusion. Il regarda autour de lui et considéra son environnement.

L'infirmerie était presque aussi lugubre que sa cellule. La pièce était assez claire, mais il y avait des barreaux aux fenêtres, ainsi qu'à la porte, bien qu'elle soit vitrée, en verre dépoli.

Il avait voulu cesser de vivre, mais il réalisa qu'il était toujours en vie, et que c'était l'essentiel.

Après tout !, ne dit-on pas « tant qu'il y a de la vie, il y a de l'espoir !... ». Alors il allait devoir vivre, et lutter pour s'en sortir.

Quelques jours plus tard, il commença à reprendre des forces, puis il réussit à s'alimenter.

Les barreaux lui semblaient moins tristes. Il s'était décidé à s'accrocher à nouveau. L'hostilité des lieux, et le peu d'amabilité du personnel soignant ne l'atteignait plus.

Il put sortir de l'infirmerie, et fut convoqué dans le bureau du directeur. Celui-ci n'approuvait pas son comportement.

- Vous avez décidé d'entreprendre une grève de la faim, et mis vos jours en danger. C'est une attitude que je n'approuve pas, dit-il d'un ton sec. Je suis responsable de vous !..., c'est un comportement que je ne peux accepter !... Je devrais vous mettre en cellule d'isolement, et ordonner de fortes sanctions !

- Je suis désolé, mais c'était trop dur..., je ne supportais plus !

- Il fallait y penser avant jeune homme, notamment quand vous avez tué ce pauvre type.

- Ce n'est pas moi, je suis innocent !

- Ils disent tous cela !... De toute façon c'est à la justice d'en décider.

Moi, je ne fais qu'appliquer ce que l'on me demande.

Il lui rappela ses chefs d'inculpation, et la décision du juge d'instruction.

Mickael resta impassible. A quoi bon !..., il devait être respectueux, mais il avait décidé d'être fort.

Le directeur reprit d'une voix ferme.

- J'ai décidé pour cette fois de passer outre les sanctions que je devrais vous infliger. Le juge d'application des peines a plaidé en votre faveur. J'ignore pourquoi ?... Mais il n'y aura pas de seconde fois. Je vais donner des ordres pour que l'on vous surveille tout particulièrement.

Mickael s'interrogeait à nouveau, qui était le juge d'application des peines ?... Pourquoi avait-il plaidé en sa faveur ?... Aurait-il quelque part une bonne étoile qui veille sur lui ?

Il repassa à la douche. C'était encore une humiliation. Nu, au milieu des autres détenus vulgaires et pervers, il aborda cela avec une autorité qui pouvait traduire sa détermination.

Puis il fut reconduit dans sa cellule.

A peine entré, il dut subir les quolibets d'un de ses voisins de cellule.

- Alors mémère, on a fini de pisser dans sa culotte !...

Le coup de boule partit avec une rapidité fulgurante, surprenant tout le monde, y compris son auteur.

Guiseppe, l'avait pris juste au dessus du nez qui se mit à saigner abondamment, alors qu'il allait se cogner la tête dans la traverse haute du lit superposé occupé par Abdel.

Celui-ci regarda, mais ignora totalement l'incident, il se replongea dans son livre. C'était toujours le même. A croire qu'il n'avait que celui là !... Il était écrit en caractères arabes, tous pensaient qu'il s'agissait du coran.

Pendant un moment, il envisagea que son second colocataire allait réagir et prendre la défense de son collègue de cellule, mais il ne bougea pas.

Guiseppe, était comme chaos. Alors Mickael, le regarda d'un regard violent, en lui lançant.

- Maintenant écoutes moi bien !... Tu te nettoies, et tu t'écrases ! Si tu vas pleurer aux matons, et si je me retrouve au mitard, quand reviens, je te descends !...

L'autre n'osait plus bouger. Il s'essuyait comme il pouvait. Il avait entendu que Mickael était là pour meurtre, et prenait ses menaces très au sérieux. Ce dernier s'en étonnait lui même. Il n'était pas habitué à ce langage, et son autorité le rassurait. S'il voulait survivre, il devait se faire respecter.

*

Dans les jours qui suivirent, il reçut la visite d'un avocat. C'était un jeune homme, un peu maladroit, qui ressemblait à ce que l'on peut imaginer d'un stagiaire. Il avait été commis d'office.

Il écouta Mickael d'une oreille distraite, et décida qu'il fallait mieux plaider coupable. Les jurés prendraient en compte ses regrets, et il éviterait ainsi la perpétuité.

- Vous comprenez, à la lecture du dossier, en plaidant non coupable, vous aggravez votre cas. L'avocat de la famille de la victime, ne fera qu'une bouchée de vos arguments, et je ne vous parle pas de l'avocat général…

- Mais pourtant, je vous jure, je n'ai pas tué cet homme !

- Réfléchissez bien, vous risquez de passer votre vie en prison.

Après cette visite, il fut un peu perturbé, mais ce ressaisit. Il aurait sans doute l'occasion de s'exprimer, et il s'efforcerait de convaincre…

Même s'il se doutait que ce ne serait pas facile. Il trouverait les arguments, la justice ne pourrait pas se tromper à ce point !

VIII

Cela faisait maintenant deux mois qu'il était incarcéré.

Il avait accepté de travailler pour que le temps passe plus vite. Un poste aux cuisines lui avait été proposé, et il avait accepté. Il ne connaissait rien en cuisine, à part faire cuire un bifteck, mais il s'agissait surtout de faire la plonge ou d'éplucher des pommes de terre, ce n'était pas très compliqué.

Trois mois après, il changea d'affectation. Les surveillants avaient constaté ses limites en cuisine, et un poste d'entretien s'était libéré à l'atelier.

Le travail consistait à entretenir et à réparer les machines servant à fabriquer des pantoufles. Une activité propre à cet établissement. Ses compétences étaient mieux utilisées.

En dehors de cela, il passait souvent à la bibliothèque où il recherchait des livres sur les bateaux.

Il commençait à s'y intéresser depuis son dernier travail dans la concession de Monsieur DANOIS. L'un des livres concernant les procédures de constructions en polyester le passionnait.

Dans les mois qui suivirent, le juge d'application des peines lui autorisa des visites. Le premier à venir le voir fut son cousin Franck. Un peu stressé d'être là, il se montra toutefois très compatissant.

- Comment vas-tu, ce n'est pas trop dur ?

Mickael en fut touché. Il ne lui faisait pas de grief, ne l'interrogeait pas, et se contentait de prendre de ses nouvelles.

- Ça va, mais j'en bave, tu sais je n'ai pas tué, c'est faux !... J'ai fait des conneries en me servant d'une voiture sans autorisation, et sans permis, mais c'est tout. Je le paie cher !...

- Ton avocat va sans doute te sortir de là !

- Ce n'est pas dit, je n'ai pas très confiance…

Il ne lui donna pas de nouvelle de sa tante, ni de sa grand-mère. Elles ne devaient pas apprécier ce qu'il avait fait, ou était supposé avoir fait.

Il prit congé, car le temps de visite était limité, et lui promit de revenir.

Mickael s'adaptait petit à petit à sa nouvelle vie. Il avait passé outre les humiliations, et s'attachait à renforcer sa musculation, en fréquentant lorsqu'il y était autorisé, la salle de sport.

Il ne devait pas être faible dans ce centre carcéral où il avait l'impression de vivre au milieu de requins prêts à l'avaler à tout moment.

Dans les jours qui suivirent, il eut une autre visite surprenante : ses frères et sœurs d'adoption.

Yannick, et Elise, avaient fait des kilomètres pour venir le voir. Ils avaient été informés de façon indirecte par les gendarmes qui enquêtaient sur le passé de Mickael.

Ils s'étaient renseignés sur le centre pénitentiaire où il se trouvait, et avaient décidé de venir le voir.

Elise avait toujours été attiré par son frère d'adoption sans jamais osé lui dire, et ils ne savaient pas pourquoi il avait été incarcéré. C'est la raison pour laquelle, ils avaient besoin de le voir. Que c'était-il passé ?

Lorsqu'il fut appelé au parloir, il se demanda qui cela pouvait-être ? Son étonnement fut d'autant plus grand quand il les vit !... Ce fut un mélange de satisfaction et de honte.

Yannick lança immédiatement la conversation, par une formule classique.

- Comment vas-tu ?

- Ca va mieux, mais tu sais, je n'ai rien fait !...

Le besoin maladroit de se disculper toucha ses deux visiteurs. Il oubliait dans son stress l'origine de ses problèmes.

Il leur raconta tout en détail, sans rien cacher, ni oublier. Yannick et Elise furent abasourdis. Ils essayèrent de le rassurer.

- Immanquablement, ils vont se rendre compte de leur erreur !

- Je ne sais pas, et il m'arrive de ne plus y croire…

Il prit ensuite des nouvelles de Mariette, sa mère adoptive. Il l'avait négligée, avant de faire ses bêtises, et il le regrettait. Puis ils durent se quitter. Le temps s'était écoulé.

*

Sabrina rencontra Mathilde à l'anniversaire d'une amie. C'était les vingt et un ans d'Alexia, et ils s'annonçaient joyeux.

Elles avaient été invitées, car elles se connaissent très bien toutes les trois depuis le lycée. Ensuite, elles s'étaient un peu perdues de vue. Mathilde travaillait avec son père depuis que sa mère avait disparu foudroyée en quelques jours, par un cancer généralisé. Son père avait beaucoup de mal à s'en remettre, et elle s'était sentit le devoir de le seconder. Sabrina continuait à étudier, tandis qu'Alexia travaillait comme vendeuse dans un magasin de prêt à porter, ce qui lui allait très bien car elle aimait les belles fringues, et se mettre en valeur.

Nous étions au mois de juin, la journée était splendide, et tout était rayonnant. La musique disco était un peu classique à ses gouts, mais les parents d'Alexia avaient bien fait les choses, et invité sans compter, les copains et copines de leur fille adorée. L'ambiance était à la fête !

Au cours de la soirée, Sabrina et Mathilde eurent l'occasion de bavarder un peu.

L'ancienne petite amie de Mickael, confia qu'elle ne savait pas ce qu'il devenait, mais ce n'était pas surprenant, et cela devait arriver avec ses fréquentations. Ce n'était pas un garçon sérieux, jamais elle n'aurait dû sortir avec lui.

Mathilde comprenait et approuvait. Elle avait eu beaucoup d'ennuis pour l'avoir embauché sans prendre suffisamment de précautions. Son père était convoqué au tribunal pour avoir employé un travailleur clandestin. Elle avait ressentit cela comme une agression, de toute façon, elle le savait dès le départ !...

C'était son père qui avait insisté, mais il fallait le comprendre, il avait absolument besoin d'un mécanicien, et celui-ci paraissait faire l'affaire. Bien sûr, son père était comme cela ! Il était beaucoup trop bon.

Il faut dire qu'elle avait une dévotion démesurée pour son père, et qu'elle lui trouverait toujours mille excuses.

Elles changèrent de sujet, et Mathilde accepta une danse.

Thierry était mignon, il les avait fait rire et surtout danser, et elles s'étaient bien amusées.

Mathilde sortait très rarement, trop prise par son travail, et ce soir elle s'était un peu lâchée.

Elle avait accepté son invitation pour le vendredi suivant. Il avait prévu de l'emmener diner, puis au cinéma.

Elle avait d'abord un peu hésité, pensant à son père qui serait seul, mais elle savait qu'il ne lui en voudrait pas. Il trouvait qu'elle ne sortait pas assez.

Le vendredi à dix neuf heures précises, Thierry était là. Il était venu la chercher. Elle avait sa voiture, et son appartement : un studio que son père avait acheté afin de le louer, mais qu'il lui avait laissé pour qu'elle ait son indépendance.

Thierry lui avait proposé de venir la chercher pour ne pas y aller séparément.

Le CALYPSO, était très bien, le cadre était agréable, et la cuisine de bonne qualité.

Le repas se passa à merveille sur un fond musical un peu ancien, mais doux à l'oreille. Ils parlèrent beaucoup, et se sentaient détendus. Le cinéma d'Argelès passait le film de Dany Boon « RAID DINGUE », et ils rirent de bon cœur...

Elle avait senti que Thierry cherchait à se rapprocher durant le film, tout en gardant une certaine timidité. Tout aussi timide, elle ne l'avait pas encouragé.

Il l'a raccompagna, et bien qu'il aurait aimé oser davantage, il se contenta d'un baiser en ami pour se dire bonsoir...

*

Maitre DUVIVIER, L'avocat de Mickael, vint lui expliquer en prison que son procès aurait lieu en deux temps, en raison des faits.

Il serait d'abord jugé en correctionnel pour le vol et l'accident, puis plus tard aux assises pour le crime qu'il était présumé avoir commis.

Le premier procès semblait pour l'avocat, une formalité dans laquelle il fallait s'attendre surtout à devoir rembourser une somme assez importante en raison des faits. Il devrait dédommager les victimes pour la voiture et les dégâts sur le camion. Il n'échapperait pas bien sûr, à une peine de prison.

Il précisa que le second procès serait beaucoup plus difficile, et plus long. Il faudrait affronter les jurés issus du peuple, nommés par tirage au sort. Il serait possible de demander à ce que certains jurés soient déboutés en raison de leur profession ou de leur appartenance à un milieu social ou associatif, les privant d'une réelle impartialité. Mais aucune garantie ne pouvait être apportée quand à l'issue de leur appréciation, et tout pouvait arriver, y compris une peine maximum.

*

Le premier procès eut lieu en fin d'année, soit près de neuf mois après son incarcération.

Le tribunal correctionnel était composé d'un juge et de deux assesseurs. Plusieurs avocats étaient présents : le sien, mais aussi l'avocat du propriétaire de la voiture, celui de son ancien patron, et celui de la société propriétaire du camion, ainsi que l'avocat général représentant le ministère public.

Mickael était blanc, par la peur, et par l'émotion provoquée par le cérémonial.

Le juge portait la robe rouge ornée de fourrure blanche, et les avocats les robes noires, comme il avait déjà vu à la télévision. Mais là, il s'agissait de la réalité. Il avait l'impression que le monde entier était contre lui, et qu'il allait se trouver broyé dans ce palais immense, et tellement froid.

La prison à côté lui semblait presque sereine, comme un refuge. Là, l'air semblait glacial, presque inhumain.

Il eut du mal à s'exprimer, et à décliner son identité.

Les faits lui furent rappelés.

Le témoignage de son ancien patron fut accablant. Il fit le procès de son ancien employé : jamais à l'heure, peu compétent, et voleur. Mais celui qui le choqua le plus, c'est le témoignage de son ancien copain de café, Lucas, avec lequel il avait bu le dimanche après-midi.

Celui-ci vint témoigner à la demande de l'avocat du garagiste, et le décrivit comme totalement ivre le jour de l'accident, ce qui laissait supposer qu'il conduisait en état d'ivresse bien qu'il n'existe aucune preuve, et que cela ne puisse être retenu contre lui. Mais l'appréciation du juge pouvait en être altérée.

Le propriétaire de la voiture avait mis en cause le garage COULON, et réclamait le remboursement de son véhicule qui avait été mis en épave, et une somme de dix mille euros pour le préjudice qu'il avait subi.

Monsieur COULON avait appelé en garantie son ancien employé, et réclamait aussi, la même somme au titre du préjudice.

Quand à la SA PELLERIN, le propriétaire du camion accidentée demandait par l'intermédiaire de sa compagnie d'assurance le remboursement des frais de réparation, et cinq mille euros au titre du préjudice.

L'avocat général qui représentait l'état demandait quand à lui une peine de prison exemplaire, soit six ans fermes, insistant sur le fait qu'il s'agissait d'un délinquant de grande envergure qui aurait sans doute à répondre à la justice d'autres griefs beaucoup plus importants.

L'avocat de Mickael fit remarquer qu'il ne s'agissait pas d'émettre un jugement sur des faits qui n'étaient pas à l'ordre du jour et pour lesquels en l'absence de jugement, il était présumé innocent.

Pour les faits qui lui étaient reprochés, il plaida finalement une erreur de jeunesse qui avait mal tournée.

Le jugement fut mis en délibéré, et dans l'attente, le président indiqua que présumé coupable devait rester incarcéré.

*

Mickael, fut convoqué une seconde fois deux mois plus tard pour connaitre le verdict.

La sentence fut prononcée avec solennité. Il écopa de cinq ans de prison, dont trois ans fermes, et deux ans de sursis.

L'ordonnance de jugement précisait qu'il devait indemniser les victimes pour un montant total de soixante et onze mille euros, auxquels s'ajouteraient les dépends, et une pénalité de retard au taux légal, à compter de la date de notification du jugement.

Maitre DUVIVIER accueillit ce jugement comme une victoire, et déconseilla à Mickael de faire appel. D'après lui, le plus dur restait à venir.

IX

Monsieur DANOIS avait toujours su prendre ses décisions. Il avait monté petit à petit son entreprise de vente de bateau, d'entretien et de réparation.

Au début ce n'avait pas été facile. Il avait dû s'endetter, et prendre des risques pour acquérir un terrain sur la zone technique du port, et faire construire un bâtiment modeste qui se révélait maintenant insuffisant pour contenir le magasin d'accastillage, de pièces détachées, et l'atelier.

Il n'avait pas toujours été à son compte, et avait travaillé sur la zone de Canet en Roussillon pour le concessionnaire d'une grande marque de bateaux.

Adjoint au directeur, il avait parfois regretté d'avoir quitté cet emploi pour se lancer dans les affaires, et surtout dans les difficultés.

Heureusement, il avait toujours été soutenu par sa femme jusqu'à la disparition de celle-ci, dont il n'arrivait pas à se remettre, bien que sa fille lui soit d'une aide précieuse.

Aujourd'hui pourtant, il hésitait... Son beau frère, Maitre Christophe GARNIE, grand bâtonnier au tribunal de Perpignan, lui avait conseillé de se rendre à la prison où était incarcéré Mickael pour lui faire régulariser des papiers. Il était toujours sous le coup d'une procédure pour emploi de travailleur clandestin, et le seul moyen de s'en sortir était d'obtenir un témoignage de son ancien mécanicien.

L'avocat lui avait donc préparé un document qu'il devait faire compléter, et signer par son employé.

Il avait remis à plus tard cette visite, mais maintenant, Maitre Christophe GARNIE, lui avait obtenu une autorisation de visite, et il fallait s'y rendre.

Il se força donc, à s'installer dans sa voiture et à se rendre à la prison. Cela l'angoissait. De plus, l'idée de revoir Mickael le touchait plus qu'il ne l'aurait souhaité.

Ce dernier c'était montré efficace, et sérieux, lors de son passage dans son entreprise. A aucun moment, il n'avait eu de reproches à lui faire. Il était courageux, compétent, et ne comptait pas ses heures. Seule sa fille ne l'appréciait pas beaucoup !...

Pourtant, il était très utile dans l'entreprise, car ses deux autres employés ne pouvaient assurer que des travaux simples et répétitifs. Dès qu'il y avait des réparations plus complexes, il devait faire appel à des entreprises extérieures, d'où une perte de temps et des coûts très élevés.

*

Mickael, accueillit son patron avec une très grande satisfaction. Monsieur DANOIS ne semblait pas trop lui en vouloir. Par contre, il fut déçu quand celui-ci lui montra les documents, qu'il souhaitait lui faire signer. Il le fit tout de même, sans montrer la moindre réticence.

Ces documents précisaient son identité, car les gendarmes avaient refusé de communiquer avec Monsieur DANOIS, et il ignorait certains points essentiels. Ils précisaient aussi que Mickael reconnaissait avoir utilisé à son insu une fausse identité.

Les documents remplis. Ils eurent le temps de dialoguer un peu.

C'est ainsi que Monsieur DANOIS apprit toute la vérité sur ce qui s'était passé. Depuis les altercations avec l'employeur précédent, l'emprunt du véhicule, l'accident, la fuite, l'aide apportée par Youssef, les faux papiers, le contrôle des douanes, les quinze jours chez l'ostréiculteur, et son arrivée chez lui.

Il lui jura qu'il n'avait tué personne, que c'était Youssef qui lui avait remis les papiers, et qu'il pensait qu'il les avait trouvés dans un sac volé ou dans un portefeuille. Jamais il n'aurait imaginé une chose pareille. Il lui expliqua aussi que le deuxième procès, celui qui avait eu lieu aux assises, venait d'avoir lieu. Cela avait été rapide car il n'y avait pas eu de report faute d'opposition.

Les jurés avaient été implacables, comme le prévoyait Maitre DUVIVIER. Il avait écopé de vingt deux ans de prison dont dix huit incompressibles.

Bien entendu les deux ans de sursis sur l'affaire précédente étaient supprimés et il ferait au minimum vingt trois ans de prison ferme. Sa vie était fichue !...

Il attendait d'être reçu par le juge d'application des peines qui lui signifierait le lieu de détention définitif.

Monsieur DANOIS repartit songeur, et si ce garçon disait la vérité !...

Bien sûr, il pouvait chercher à se disculper, et si le tribunal l'avait condamné, c'est qu'il devait y avoir une raison. On ne condamne pas les gens comme cela !...

Il était tout de même bouleversé pour l'avoir vu dans cette situation.

*

Maitre Christophe GARNIE, n'avait pas apprécié son beau frère dans les premiers temps de la rencontre avec sa sœur Marie Thérèse.

Claude DANOIS, n'était pas d'une famille aisée, ni d'un niveau intellectuel aussi élevé que le sien. Il lui paraissait médiocre.

Pourtant au cours des années, il avait mieux considéré ce garçon pour son honnêteté, et l'attachement qu'il portait à sa famille. Il vouait un amour immense à sa femme, et adorait sa fille. De plus, il s'était montré entreprenant, et courageux. Des qualités importantes aux yeux de l'avocat.

Christophe et Claude, pouvaient discuter de longues heures des sujets d'actualité, échangeant des avis parfois contradictoires, mais toujours intéressants.

Ce jour la, il écouta son beau frère lui raconter sa visite en prison, milieu que l'avocat connaissait très bien.

Monsieur DANOIS, lui détailla la situation de Mickael. Maitre GARNIE, était septique, il y avait beaucoup d'éléments accablants, pourtant il voulait faire plaisir à son beau frère et il l'écouta jusqu'au bout.

- Tu sais, il a quand même fait pas mal de conneries, lui dit-il.

- Je sais…. Mais quelque chose me dit qu'il n'a pas pu commettre cet assassinat. Il n'a même pas de permis, comment aurait-il pu s'y rendre sans moyens de transport ?

- Le tribunal a dû le condamner car il était capable de voler une voiture, et sans doute d'avoir des complices. Connais-tu réellement le mobil du meurtre ?

- Non !, il a fini par dire au tribunal qu'il avait eu les papiers par un certain Youssef, mais comme celui-ci est mort égorgé, ça c'est plutôt retourné contre lui, comme alibi facile…

- Il faudrait avoir accès au dossier.

- Tu vois, ce qui me ferait plaisir c'est que tu puisses t'en occuper. Je me sens un peu coupable de ne pas agir. Il est très seul, et quelque chose me dit qu'il est mal défendu !

- Ça va être difficile car j'ai beaucoup de dossiers en cours. Je vais quand même chercher à m'informer. Mais tu sais, je ne suis pas mandaté pour m'occuper de sa défense, c'est Maître DUVIVIER qui s'en occupe, et la déontologie veut que l'on respecte les procédures.

Ils se quittèrent, et dans les jours qui suivirent chacun reprit le travail de son côté.

*

Mickael fut reçu pour la première fois par le juge d'application des peines, et il se rendit compte que le monde était petit !… Il avait déjà vu cette personne, et celle-ci le reconnu immédiatement.

Le juge WAGNER, avait félicité Mickael l'année précédente pour avoir sauvé son fils David d'une noyade certaine. Il l'avait trouvé très courageux, bien qu'il n'ait fait que son devoir.

Les deux hommes se retrouvaient face à face, dans une situation totalement différente. Le juge avait étudié le dossier, et s'interrrogeait : comment un jeune homme si courageux pouvait-il se trouver dans son bureau ?

- Bonjour, monsieur DUVAL, je ne comprends pas !... Que vous est-il arrivé ?

- J'ai fait beaucoup de bêtises, mais je vous assure que je n'ai jamais tué !, c'est uniquement parce que j'utilisais des papiers que l'on m'avait donnés.

Le juge WAGNER, se montra légèrement septique, mais pour lui quelque chose ne collait pas avec ce personnage, apparemment un peu fragile, et timide.

Il avait déjà vu des quantités de criminels de toutes natures, mais Mickael DUVAL était différent. Il était incapable d'abandonner une personne en difficulté, alors pourquoi aurait il été jusqu'au meurtre ?...

Pour de l'argent ?

Il avait un métier, et n'était pas sans aucune ressource, alors !

- Vous savez... Je ne suis pas là pour vous juger. Vous l'avez déjà été ! Je suis là pour mettre en place l'application de votre peine...

Le juge semblait contrarié de devoir prendre des décisions concernant ce jeune homme, et lui dit :

- Comment êtes-vous, dans la centrale de Perpignan ?

- Je préférerais être dehors, mais je m'adapte.

- Souhaitez-vous, que je vous fasse transférer sur une prison plus moderne ?

- Je me suis habitué à Perpignan, je travail…, ça m'occupe !, et je préfèrerais rester dans la même cellule.

- C'est la seule chose que je puisse vous accorder… Par conséquent je vais faire le nécessaire !

Puis après un temps de réflexion :

- Mais si vous êtes réellement innocent, vous devriez voir avec votre avocat pour faire appel du jugement. C'est un conseil !...

L'entretien s'arrêta là. Monsieur WAGNER devait respecter sa fonction, et faire preuve de réserve. A la porte de son bureau, d'autres détenus attendaient d'être reçus.

*

La vie à la prison reprit comme cela avait été dans l'année précédente avec toujours la même rengaine, sans aucun but, à part celui d'espérer !...

Mais espérer quoi ?...

Il s'apprêtait à vivre encore vingt deux ans comme cela. Il allait vieillir ainsi, et sortirait au mieux à près de quarante cinq ans. Que de choses auraient changées ?... Il n'aurait jamais la possibilité de créer une famille. Il serait seul !... Il ne serait même plus capable d'assurer son métier qui aurait sans doute beaucoup évolué.

Mickael broyait du noir, et voulait essayer de se raccrocher à quelque chose.

Il lui vint à l'esprit qu'il devait absolument faire appel de son jugement. Il lui restait quatre jours pour le faire. Bien sur son avocat ne serait pas d'accord. Il lui répèterait qu'il risquait perpette, c'est-à-dire la peine maximum de trente ans incompressible.

Mais sa décision était prise, il prendrait le risque... Dans le cas où cela se passerait mal il n'aurait pas le choix, il devrait envisager son évasion, même s'il risquait sa vie. Il lui fallait un but, sinon il deviendrait fou !...

C'est dans cet état d'esprit qu'il demanda à rencontrer rapidement son avocat.

Celui-ci se déplaça avec regret, et consacra son entretien à vouloir dissuader Mickael de faire appel. Il ne réussit pas à le convaincre, et à son grand regret effectua la demande en appel, en limite du délai légal.

Il le fit bien à contre cœur car ses honoraires en tant qu'avocat commis d'office étaient nettement insuffisants, et il avait des clients beaucoup plus intéressants.

*

En tant que bâtonnier, Maître GARNIE, avait le plus grand respect pour ses confrères qui lui rendaient par une grande estime. C'était d'ailleurs assez curieux, dans ce milieu de conflits permanents.

Il rencontra Maître DUVIVIER, lors d'un entretien au palais, et l'invita à prendre un café afin de l'entretenir au sujet d'un dossier.

- Mon cher confrère, vous avez en charge un client qui se nomme DUVAL Mickael. Je ne défends personne dans ce dossier, aussi permettez-moi de vous demander quelques informations que je garderais évidemment confidentielles.

- C'est un dossier, malheureusement très simple, et d'une culpabilité tellement évidente que sa défense est peine perdue. Je lui avais obtenu le minimum, curieusement il s'obstine à vouloir le maximum. Faire appel est une hérésie...

- Voyez-vous, je n'ai aucune raison de douter de votre défense qui doit être parfaite, mais il se trouve que mon beau frère me demande comme un service de m'occuper de ce dossier. Vous savez comment cela se passe, la famille croit toujours que nous pouvons faire des miracles !...

- Mon cher Maître, sachez que si je peux vous rendre service, ce sera toujours avec plaisir. Je vais charger mon secrétariat de vous faire transmettre le dossier rapidement.

Maitre DUVIVIER, était très satisfait, non seulement il se débarrassait d'un dossier encombrant, mais il faisait plaisir à un collègue qui avait une grande influence auprès du barreau. Cela pouvait toujours servir !...

*

Huit jours après, le nouvel avocat avait étudié son dossier très attentivement, et Mickael reçut sa première visite. Celle-ci fut glaciale.

-   Je me présente, Maître Christophe GARNIE, bâtonnier auprès du tribunal de PERPIGNAN.

-   Bonjour, monsieur.

-   Appelez-moi Maître, c'est mon titre !…

-   Bonjour Maître…

-   Maître DUVIVIER, m'a confié votre dossier, ce n'est pas brillant, tout vous accable !…

Après un silence pesant, et méprisant.

-   Il va falloir m'en dire plus, jeune homme, si vous voulez que je puisse vous défendre.

Mickael n'y croyait pas, quel était cet individu qui lui parlait ainsi ?...

Il se rebella, et se lâcha immédiatement, en expliquant la façon dont s'était réellement passées les choses, et comment il s'était trouvé embarqué dans cette galère.

Il parla d'une voix dure, qui lui était inhabituelle, mais qui démontrait une très grande rébellion face à l'injustice qu'il vivait.

Maître GARNIE en fut satisfait, il avait voulu le pousser dans ses retranchements pour se faire sa propre opinion. Son beau frère avait peut être raison, ce jeune homme pouvait être innocent. Il fallait maintenant, pouvoir le prouver. Ce ne serait pas facile !...

Il ne ferait pas fortune sur ce dossier, et il allait devoir trouver des axes de défense. Il devrait aussi fournir un alibi indiscutable. Ce n'était pas gagné dans ce dossier pratiquement vide, où tout accusait le présumé coupable.

Il allait devoir y consacrer beaucoup de temps, mais c'était le souhaitait de Claude qu'il aimait bien, alors !...

Avant de partir, il demanda à Mickael, ce qu'il avait fait le jeudi 23 mai, jour du meurtre.

Celui-ci y avait déjà beaucoup réfléchit, mais il était persuadé qu'il s'agissait d'une journée normale. Il avait dû aller au garage, puis s'attarder un peu au bar de la plage avant de rentrer, comme à son habitude…

Rentré à son cabinet, le premier travail de l'avocat fut d'essayer de reconstituer exactement l'emploi du temps de son client le jour de l'assassinat de Monsieur Nicolas JEANNEAU.

Il savait que la voiture de la victime avait été volée, où était-elle passée ?... Qu'elles étaient exactement, les marques, les blessures, et les empruntes trouvées sur le corps de la personne assassinée ?...

Quel était la profession de Monsieur JEANNEAU, sa situation familiale, sa situation financière, ses tendances sexuelles ?...

Autant de points qui avaient été étudiés, mais sans grande conviction par le SRPJ de ARLES.

Le coupable était à leurs yeux, issu de la communauté des gens du voyage. En arrêtant quelqu'un, qui avait pu être à un moment en contact avec eux, ils avaient trouvé un coupable idéal.

Maître GARNIE, allait devoir tout approfondir, s'il voulait innocenter son client.

Une notion importante !... Le meurtre avait eu lieu un jeudi entre vingt heures trente, et vingt et une heure trente. Les employés du garage arrêtaient leur travail à dix huit heures. Il fallait deux heures au maximum pour se rendre au GRAU DU ROY. Il demanda le relevé des heures de Mickael au garage COULON, le jour du meurtre, ainsi que le détail de son activité. Il s'était renseigné, et les factures mentionnaient le nom du mécanicien qui avait effectué le travail.

C'est ainsi qu'il se rendit compte que son client avait fait des heures supplémentaires.

L'ensemble des factures indiquaient pour la journée un total de dix heures trente. Il savait que certains garagistes avaient tendance à charger un peu les factures, mais c'était un élément qui pouvait aider son client.

Il savait aussi que cet argument serait rejeté par l'avocat général, qui lancerait dans sa plaidoirie « *Mesdames et messieurs les jurés, tout le monde sait bien, que les garagistes ont tendance à exagérer sur les factures le temps réellement passé en réparation !* ».

Il chargea l'un de ses employés de prendre contact avec le patron du bar de la plage. Anthony, le serveur avait déjà été interrogé par la police, et confirma que contrairement à ses habitudes, Mickael n'était pas venu ce soir la, ni sa compagne Sabrina. Ce n'était pas une bonne nouvelle !...

Dans son enquête, il apprit aussi que la victime était un jeune assureur célibataire qui exerçait à Arles où il demeurait. Il semblait aisé financièrement. Son voisinage le voyait comme quelqu'un de bien, assez discret. Il fréquentait un bar huppé de la ville, apprécié de la bonne société, et l'un des clients le décrivit comme quelqu'un de sympathique, mais il laissa entendre que c'était un utilisateur potentiel de drogues dures. Il roulait dans un Porche Cayenne de couleur blanche.

L'enquêteur eut la confirmation, comme il était indiqué dans le rapport de police, que le véhicule avait été retrouvé dans un fossé près du cap d'AGDES. Il était fortement endommagé, mais n'avait pas été incendié. Ce qui démontrait un certain amateurisme, ou une certaine précipitation.

Les empruntes relevées n'appartenaient pas à Mickael, bien qu'il ait pu utiliser des gants.

Quand à la victime, elle avait été assommée avec une barre de fer : un cric par exemple. Elle avait cherché à se défendre.

S'étant fait délivré une copie des fiches de paie, Maître GARNIE, se rendit compte aussi, que Mickael DUVAL, n'avait pas été travaillé le lendemain du meurtre. Ce n'était pas bon pour son client !...

Mickael : une erreur de jeunesse

X

Mathilde était furieuse après son père.

- Mais qu'est-ce qui t'as pris de te mêler de ça !, comme si on n'avait pas assez de problèmes comme cela !... On est dans le rouge à la banque !..., On a plus de mécanicien, et on est obligé de tout sous traiter... Et toi, tu aides celui qui nous a mis dans cette situation !

Elle avait le caractère de sa mère, et elle s'emportait tout de suite. Heureusement, Claude DANOIS, savait que ça retomberait très vite, mais celle-ci insista.

- De plus, tu demandes à Parrain de le défendre, comme si il avait quelque chose à y gagner !

Elle exagérait un peu, car si leur ancien employé leur avait fait engager des frais supplémentaires en raison de sa fausse identité, les problèmes financiers venaient surtout des factures impayées, dont les relances n'étaient pas assez efficaces.

Maître Christophe GARNIE, était son oncle, mais aussi son Parrain, elle était en admiration devant lui, car il était toujours habillé avec élégance. C'était un « Monsieur », avec beaucoup de classe. Il avait deux enfants d'un premier mariage qu'il voyait très peu.

Il vivait avec une femme bien plus jeune que lui, et gâtait énormément sa filleule, qu'il considérait un peu comme sa fille.

Pour ses dix huit ans il lui avait offert sa TWINGO bleu ciel, et elle pensait qu'elle ne serait jamais assez reconnaissante envers lui.

Monsieur DANOIS, laissa passer l'orage…

Il fut sauvé par la sonnerie du téléphone qu'il décrocha immédiatement, comme une échappatoire.

- Allo !, ah !..., Monsieur LEULLIER, comment allez-vous ?

Ce client s'intéressait à un bateau de dix mètres sur lesquels, il avait changé les deux moteurs, et rénové la coque. Il avait dû sous traiter à NORD MARINE, la pose des moteurs, et la vente de ce bateau pourrait lui permettre de rentrer dans son argent.

Elle finit par se calmer.

*

Un certain temps s'était écoulé depuis que Mathilde était sortie pour la première fois avec Thierry.

Elle avait apprit la condamnation de Mickael DUVAL. Elle avait ensuite revu ses copines et elles en étaient arrivées à la conclusion avec Sabrina que c'était un vaurien, dont il n'y avait rien à tirer, et qui méritait la potence.

Alexia, elle, n'était pas du même avis. Elle le trouvait mignon, à « Croquer » disait-elle !... Il est vrai que c'était une croqueuse de garçon.

Mathilde était sortie deux autre fois avec Thierry, ils avaient fini par s'embrasser, elle commençait à s'y attacher…

Malheureusement, elle le surprit quelques jours plus tard dans les bras d'Alexia, et leur relation s'arrêta là. Ce ne serait jamais son grand amour !

*

Dans sa prison, Mickael essayait de garder toujours ses objectifs : réussir à gagner en appel, ou mettre en place son évasion…

Il envisageait bien sur, les difficultés de parts et d'autres. Aucun élément nouveau n'était apparu dans son dossier, malgré les recherches organisées par son nouvel avocat qui était venu le voir à nouveau, à deux reprises. Il avait beaucoup de mal à se souvenir de ce qu'il avait fait le jeudi en question, plus de deux ans maintenant, après les faits.

Les gendarmes l'avaient accusé, mais jusqu'au procès, ils ne lui avaient pas donné de précision sur les faits dont ils le présumaient coupable.

Le juge avait énuméré les charges retenues contre lui, et donné des informations, mais son langage était juridique, et Mickael était trop stressé pour tout retenir. Il devait réfléchir, se souvenir…

Il envisageait tout. Une évasion, semblait impossible, mais il lui fallait observer en détail, tout le fonctionnement de la prison, guetter les failles…

Pour combattre sa solitude, Il repassait en boucle, les grandes évasions qu'il avait vues dans des films à la télévision. La réalité paraissait tout autre, ce n'était pas facile, il fallait être patient, et bien organisé, pour pouvoir réussir.

Il travaillait toujours dans l'entretien des machines, faisait du sport, et avait reçu deux fois la visite de Yannick et Elise.

Ils n'hésitaient pas à faire plusieurs centaines de kilomètres pour le voir, et devaient s'organiser pour coucher à l'hôtel, mais ils ne le laissaient pas tomber. Ils étaient fidèles. C'était ses plus grands amis, ses frères et sœurs…

Elise était même venue seule, la seconde fois. Nous étions au printemps, et Yannick avait un travail trop important à la ferme pour pouvoir se libérer.

C'était une belle jeune fille, blonde, avec de jolis yeux, et un regard attachant. Elle avait au fond des yeux une tristesse qu'elle ne parvenait pas à dissimuler, tant elle était inquiète pour Mickael. Ce qu'elle ressentait pour lui, était indéfinissable…

Ils avaient été élevés ensemble, mais elle considérait que quelque chose les avait destinés l'un à l'autre. Elle pensait à lui à longueur de journée, et le voir dans cette situation lui crevait le cœur.

Ils discutèrent assez longuement, le gardien ne regardait pas trop sa montre, mais ils durent finir par prendre congé. Elle lui promit qu'elle reviendrait prochainement.

*

Le nouveau procès devait avoir lieu le 9 septembre, Maître GARNIE, avait obtenu un report au 7 mars de l'année suivante, car il n'avait pour l'instant, aucun élément nouveau sur lequel il pourrait appuyer sa défense.

Il chargea à nouveau son personnel d'enquêter sur les proches de Mickael : sa grand-mère, ses amis, et ses collègues de travail.

Sa grand-mère, tout en bougonnant ne dit pas grand-chose, à part qu'elle se souvenait qu'il n'avait pas soupé ce soir là, et qu'il devait être rentré très tard, alors qu'habituellement c'était surtout le vendredi qu'il ne rentrait pas, il faisait la fête !...

Quand à ses amis, ils ne se souvenaient pas non plus.

Sabrina toutefois, se souvint qu'un jour il s'était blessé au travail, pas très gravement, mais il avait dû quand même aller aux urgences. C'était son collègue Patrick qui l'avait emmené.

L'enquêteur, Monsieur JANIN, qui travaillait pour Maitre GARNIE, prit contact avec lui, et il confirma qu'il avait bien emmené Mickael aux urgences, mais il ne se souvenait plus quel jour !...

L'accident s'était produit en ouvrant un emballage de pièces détachées. Le cutter avait glissé, et avait entaillé la main du mécanicien. Il ne portait pas de gants. Il avait dû être recousu de quelques points de suture.

Patrick se souvint que Monsieur COULON était furieux de sa maladresse, et surtout qu'il ne puisse pas assurer les réparations du lendemain.

Cette information lui parut capitale, et l'enquêteur décida d'entendre le patron qui confirma que c'était possible, mais Il ne se souvenait plus des dates.

Monsieur JANIN s'étonna de ne pas avoir trouvé d'arrêt de travail dans les fiches de paies qu'il avait examinées, mais l'employeur se justifia :

- Ce n'était pas la peine !, C'était juste une journée. Je n'allais pas faire des paperasses à n'en plus finir... J'étais déjà assez emmerdé comme ça !

Par contre il n'avait pas oublié de retenir la journée du 24 mai, sur le salaire de son employé.

La date avait beaucoup d'importance !...

Si seulement il pouvait avoir la preuve que ça correspondait au jour du meurtre ?...

Il interrogea l'organisme de sécurité sociale, et là, il eut une surprise !

Mickael, avait été admis aux urgences le 23 mai, soir du meurtre.

Après une attente de plus de deux heures, il avait été examiné par un médecin qui lui avait fait plusieurs points de suture. Une ordonnance lui avait été délivrée, lui prescrivant un traitement pour éviter l'infection, et trois jours d'arrêt de travail qui avaient été ignorés par son employeur. Il ne voulait pas de fainéants chez lui !

Maitre GARNIE savait maitriser ses émotions, mais il sut en apprenant cela, que son procès pouvait être gagné. Il devait prouver que Monsieur DUVAL Mickael ne pouvait être au GRAU DU ROY au moment de l'assassinat. Seule l'usurpation d'identité pourrait être retenue.

XI

Les jours passaient, mais le prisonnier gardait le moral.

Son avocat lui avait fait part de ses informations, et Mickael s'en voulait de ne pas s'être souvenu de cet épisode. Il ne gardait qu'une légère cicatrice de cet incident, et avait totalement oublié ce qui s'était passé. Il n'avait fait aucun rapprochement avec cette blessure qui n'était pas la première dans son métier, et qu'il considérait sans grande importance. Pourtant c'était un fait déterminant !...

Il entretenait toujours une communication par courrier avec Elise, et lui en fit part aussitôt. Celle-ci en fut très heureuse, et refit un aller retour pour lui dire combien elle était contente.

Mais ce n'était pas encore gagné, il fallait être patient !...

Guiseppe dans sa cellule, le respectait maintenant. Ils étaient même devenus amis, échangeant fréquemment sur leur situation réciproque.

Il apprit que son codétenu n'allait pas tarder à être libéré. Il avait purgé une peine de quatre ans, pour trafic de stupéfiant. Il connaissait Youssef, et se doutait de qui l'avait tué. Un certain José CAPELLA, Ce n'était pas un tendre !...

Les jours passaient lentement. Une altercation eut lieu cependant durant la promenade avec un détenu à la carrure imposante qui prétendait les racketter.

Mickael se trouva le dos au mur, un morceau de lame de couteau sur la gorge. Il sentait le froid de la lame qui s'enfonçait légèrement. Son cou commençait à saigner. L'autre essayait de fouiller ses poches.

Avec un sang froid qu'il n'imaginait pas, Mickael l'attrapa par les parties génitales, serra, et tourna très fort, surprenant son adversaire qui hurla de douleur. Puis faisant demi-tour sur lui même alors que son agresseur se pliait en deux, il lui envoya un coup de coude dans l'estomac qui l'envoya à genoux.

Le maton qui les surveillait se retourna. Il vit Mickael qui l'avait lâché et qui levait les bras d'un air innocent, comme s'il ne comprenait pas ce qui arrivait à son collègue de détention. Il fit une petite moue, en souriant intérieurement, l'autre était maté. L'incident était clos.

Un peu avant que le procès n'ait lieu, Il eut la possibilité de passer son permis de conduire.

C'était une opération effectuée dans le cadre d'une expérience de réinsertion, bien que sa peine ne laisse pas espérer actuellement une sortie imminente.

Le délai qui lui interdisait de se présenter à un nouvel examen était écoulé, et sa demande fut retenue pour cette expérience.

Il se prépara au code de la route, en prenant son temps, car il en disposait largement !... puis passa son examen, et fut reçu à cette première partie, la vielle de son procès en appel.

*

Ce matin là, Mickael fut transféré au palais de justice sous bonne escorte. Il pénétra dans les lieux la peur au ventre, mais décidé à se défendre. Il jouait sa vie.

De nombreux journalistes attendaient, ainsi que plusieurs avocats en robe, dont certains discutaient entre eux.

L'ambiance était comme la dernière fois, solennelle, et impressionnante. Le bâtiment était immense, et ajoutait de la gravité.

Dans le public, il y avait beaucoup d'inconnus, mais aussi ses deux anciens patrons qui étaient éloignés l'un de l'autre, et en retrait son cousin Franck.

Son attention se porta surtout sur son frère et sa sœur d'adoption, qui avaient à nouveau fait le déplacement.

L'attente lui sembla très longue, avant que le Président ne prenne la parole.

Il se rendit compte qu'il tremblait, tant son inquiétude était grande. Aucun des jurés n'avait été débouté. Ils venaient d'entrer, et attendaient studieusement le début de l'audience.

Le Président commença par nommer les principaux antagonistes. Puis fit la lecture des chefs d'accusation : Monsieur DUVAL Mickael, était accusé de meurtre avec violence, de vol, et d'usurpation d'identité. Les faits furent énumérés avec le maximum de détails. Puis il y eut la lecture des rapports de la police judiciaire, des enquêteurs, et des experts.

Les avocats de la famille de la victime plaidèrent ensuite, avec un zèle théâtrale, la culpabilité du présumé coupable.

Tout l'accusait, celui-ci avait un mobile : le vol !... L'accident qui avait détruit en grande partie le Porche Cayenne de la victime, prouvait qu'il avait été volé par une personne insuffisamment expérimenté pour conduire. Les jurés ne pourraient conclure qu'à la culpabilité évidente de Monsieur DUVAL.

Ils ne firent citer aucuns témoins. Ils demandaient une peine exemplaire.

Comme la fois précédente l'ambiance, était glaciale. Emprunte d'une grandeur presque surnaturelle. Personne n'osait prononcer un mot, l'autorité des lieux imposait le respect.

Il y eut un long silence avant que le Président décide de donner la parole à la défense.

Maître GARNIE, se leva, se rapprocha de la barre, et commença :

- Monsieur le Président, mesdames et messieurs les jurés. Je vous demanderai, de bien vouloir tenir compte de l'ensemble des faits, et non du simple fait que mon client ait été retrouvé en possession des papiers de Monsieur Nicolas JEANNEAU...

Dès son enfance, mon client a rencontré de grandes difficultés :

Sa mère..., qui l'a eu très jeune, n'était pas en mesure de s'en occuper. Son père..., cet homme qui l'a reconnu, n'était pas son père biologique, et l'a abandonné rapidement. Une famille adoptive l'a recueilli, mais il a dû s'en éloigner alors qu'il n'avait que seize ans, pour suivre un apprentissage de mécanicien. Sa grand-mère l'a accepté à son domicile, mais uniquement parce qu'il la rémunérait. Elle ne l'a jamais aimé. D'ailleurs, où est sa famille aujourd'hui ?... Un cousin à fait le déplacement, et sa famille d'accueil..., mais il n'y a aucun parent direct qui a pris la peine de se déplacer !... Cela pour vous situer le contexte familial, dans lequel vivait ce garçon. Vous me direz que çà n'excuse pas les faits !... En ce qui concerne les faits, mon client a déjà été condamné, et purge une peine de prison importante pour une erreur que l'on peut considérer, comme une erreur de jeunesse...

Il s'est « rebellé » dans un contexte, et une situation, qui devenait pour lui insoutenable. Il a craqué... Pour bien comprendre la situation, Puis-je vous demander, Monsieur le Président, à ce que son ancien patron, Monsieur COULON Gérard, soit cité à la barre en tant que témoin...

Cette audition avait été prévue avant l'audience, et le Président intervint immédiatement.

- Monsieur COULON Gérard est-il présent ?

- Oui, répondit celui-ci.

Il lui demanda de se présenter, et de prêter serment comme il est d'usage. Puis ce fut à nouveau, à Maitre GARNIE d'intervenir :

- Monsieur COULON, est-il exacte que Monsieur DUVAL se soit blessé dans son travail, au point de devoir se présenter aux urgences ?

- Peut-être ?... C'était une blessure très légère..., plus de peur que de mal !

- Est-il exacte qu'il ait du subir la pose de plusieurs points de suture ?

- C'est possible..., je ne me souviens pas !

- Comment se fait-il qu'il n'ait pas été travaillé le lendemain ?

- Il en a sans doute profité pour se reposer…

- Pouvez-vous me préciser, de quel jour il s'agissait ?

Le garagiste ne répondit pas.

- Je vais vous aider… C'était le lendemain du meurtre de Monsieur JEANNEAU… La veille au soir, le 23 mai à 19h30, Monsieur DUVAL, avait été admis aux urgences, j'en ai ici la preuve !... Il a attendu plus de deux heures le soin des médecins. Ils lui ont prescrit un arrêt de travail de trois jours… Mais le vendredi où il n'a pas pu aller travailler, il n'a pas été payé, et vous n'avez fait aucune déclaration d'accident de travail, alors que c'était votre devoir !...

L'avocat s'emporta volontairement, pour donner de l'effet à sa plaidoirie.

- Vous avez bafoué « Monsieur », les règles élémentaires d'assistance à votre personnel, et ce n'est pas la première fois. Vous avez d'ailleurs fait l'objet d'un contrôle de la caisse maladie des travailleurs salariés - Pouvez-vous indiquer à la cour, quelles ont été les conclusions de ce contrôle ?

Le garagiste resta muet.

- Vous avez fait l'objet d'un procès verbal, que j'ai versé aux débats, et qui fait apparaitre de nombreux manquements aux règles d'hygiène et de sécurité dans votre entreprise.

Puis, après un silence pesant.

- Ce sera tout...

L'ancien employeur de Mickael, quitta la barre, et l'avocat put continuer sa plaidoirie :

- Monsieur le Président, mesdames et messieurs les jurés, vous venez d'avoir la preuve que mon client ne pouvait pas être sur les lieux du crime ce soir là... - De même, aucune de ses empruntes, ou de ses traces ADN n'ont été retrouvé sur le cadavre, ou dans le véhicule. Par contre, des traces ADN appartenant à, Monsieur José CAPPELLA, y ont été retrouvées. Malheureusement, celui-ci ne pourra pas en préciser les raisons car il a été abattu, il y a six mois dans un bar du vieux Perpignan. Compte tenu de ces éléments vous ne pourrez, bien évidemment !... Que constater, que Monsieur Mickael DUVAL, ne pouvait pas être à la fois : aux urgences de l'hôpital, comme il est prouvé par un certificat médical, et se trouver au même moment à deux cents kilomètres de la, pour assassiner Monsieur Nicolas JEANNEAU. C'est pourquoi, vous ne pourrez que prononcer un non lieu, à l'égard de mon client. Il lui était impossible... de commettre ce crime !...

Il quitta la barre, sous le regard assommé de l'assistance.

Le jury se retira durant un temps qui sembla assez long, mais qui fut en réalité très court. Puis la séance reprit, et le Président prononça le verdict. Celui-ci était très attendu. Il y eut à ce moment la, un grand silence dans la salle.

- A la question. Monsieur DUVAL Mickael, est-il coupable d'avoir assassiné Monsieur JEANNEAU Nicolas ?

Il marqua un temps d'arrêt qui parut une éternité, puis il annonça.

- Le jury à l'unanimité à répondu, non !

Mickael crut qu'il allait s'évanouir, il n'avait pas eu à intervenir. Maitre GARNIE avait assuré !...

Une grande partie de l'assistance avait les larmes aux yeux.

Il devait toutefois repartir vers sa cellule, une partie de sa peine restait à purger.

Avant cela, il remercia chaleureusement son avocat, qui se dirigea ensuite vers les journalistes qui souhaitaient l'interroger. Il salua Monsieur Danois qui sortait de la salle, et le remercia de sa présence.

Celui-ci, lui fit part de sa satisfaction, et du fait, qu'il n'avait jamais cru à sa culpabilité concernant ce meurtre. Il avait, lui aussi, les larmes aux yeux, et l'assura de sa solidarité. Mais toujours très modeste, il ne lui dit pas, que c'était lui qui était à l'origine de son changement d'avocat.

Puis ce fut à Yannick et Elise de venir l'étreindre, ils étaient fous de joie. Elise l'embrassa avec une chaleur toute particulière. Ils se promirent de continuer à s'écrire régulièrement.

Mickael : une erreur de jeunesse

XII

Sur le trajet du retour à la maison d'arrêt, Mickael était encore sous le coup de l'émotion. Il en oubliait qu'il avait pendant un moment envisagé son évasion.

Les conditions n'étaient plus les mêmes. Il devrait pouvoir bénéficier du sursis prévu dans son premier procès, ce qui ramènerait sa peine à trois ans, au lieu de cinq. Par contre il devrait toujours rembourser les soixante et onze mille euros, auxquels s'ajouteraient les intérêts à compter de sa condamnation.

Nous étions au milieu du mois d'aout, il faisait d'ailleurs très chaud, et il lui restait un peu plus de six mois à tirer avant d'être libéré.

Ce serait à la fois long, et court.

Puis il se mit à penser à la suite, que ferait-il quand il sortirait, et où aller ?...

Il ne pouvait tout de même pas s'imposer chez Mariette, dans sa famille d'accueil. Bien qu'il soit sûr qu'ils ne lui refuseraient pas.

Il reprit ses activités à la prison. Les procédures lui paraissaient beaucoup moins dures à supporter. Les autres détenus le respectaient.
Il eut même, la possibilité de sortir de la prison sous le contrôle d'un gardien pour commencer ses leçons de conduite.

Lors de sa première leçon, son moniteur lui expliqua les différentes commandes, comme s'il ne savait pas de quoi il s'agissait. Il resta modeste, et s'efforça d'écouter avec la plus grande attention. Il ne voulait pas recommencer ses erreurs du passé !

Quelques jours plus tard, il reçut la visite de Maitre GARNIE. L'avocat comptait effectuer une demande de libération conditionnelle. Il devrait cependant proposer au juge d'application des peines, l'intégration de son client dans la vie active. Mickael devait trouver un travail, et un logement.

Maitre GARNIE lui demanda s'il avait une solution ?... Hélas !, Dans l'immédiat, Mickael n'en avait pas.

Dans la même journée, il apprit le décès de sa mère. Curieusement, alors qu'elle ne s'en était jamais occupée, il en fut fortement touché. Il se sentit triste.

Pourquoi cette femme avait si mal vécue ?...

Malmenée toute sa vie, elle n'avait fait que des mauvais choix pour finir dans l'alcool : ce mal étrange, qui ronge les hommes ou les femmes qui ne trouvent pas leur voie dans la société.

Il ne souhaita pas se rendre à son enterrement. A quoi bon demander une permission ?... Le cercueil serait sans doute peu accompagné, et il ne sentait pas le courage d'affronter ce moment pénible.

Heureusement, le lundi suivant, il eut une meilleure nouvelle. De plus, Elise, lui envoya un courrier très gentil qui lui donna du bôme au cœur...

*

Après en avoir discuté avec son beau-frère, Monsieur DANOIS avait pris une décision, et lui en fit part.

C'est pourquoi, Maître GARNIE, parla de son projet à son client, et demanda à être reçu par le juge d'application des peines.

Quelques jours plus tard, Monsieur Gilles WAGNER, les reçus.

Bien que son emploi du temps soit très chargé, il les fit entrer dans son bureau, et prit le temps d'écouter l'avocat de Mickael lui expliquer en détail le déroulement du procès qui venait de s'écouler, ainsi que le verdict rendu par les jurés.

Le juge s'était fait transmettre le dossier, ainsi qu'un rapport sur le comportement du détenu en prison. Mickael était considéré comme irréprochable, mais une mise en liberté conditionnelle nécessitait des précautions : il devrait être examiné par des psychologues qui donneraient leur avis. Il devait aussi justifier d'un travail, et d'un domicile.

Ces deux points furent réglés facilement. Monsieur DANOIS acceptait de lui faire un contrat de travail, et de l'héberger sur son lieu de travail, comme il l'avait fait précédemment.

Monsieur WAGNER, fit une petite grimace…, en ce rappelant qu'il n'avait pas forcément par le passé, embauché la bonne personne, et qu'il avait démontré un certain manque de précautions.

Mais il considérait bien connaître Mickael, et savait que ce n'était pas un mauvais garçon.

Tous les feux étaient au vert pour qu'il sorte de prison, mais il ne pourrait rendre son verdict que lorsqu'il serait en possession du rapport des psychologues.

Bien sur, Mickael devrait, après sa libération, s'acquitter de sa dette, et justifier quotidiennement de sa présence dans le département. Il se leva, et donna congé à Maitre GARNIE, et à son client, tout en adressant un clin d'œil à son jeune protégé, pour lequel il gardait toujours une certaine sympathie.

De retour dans sa cellule, celui-ci, se mit à penser qu'il avait beaucoup de chance…

*

Lorsqu'elle apprit ce que son père avait proposé, Mathilde rentra dans une colère à laquelle s'attendait Monsieur DANOIS.

Comme à son habitude, il laissa passer l'orage… Elle en parla aussitôt à son Parrain qui l'invita à déjeuner, pour la calmer.

Après l'avoir distrait par une conversation brillante, comme à son habitude, il tenta d'adoucir ses rancœurs en lui expliquant comment les choses s'étaient réellement passées. Il eut du mal à la convaincre, mais elle aimait tellement son Parrain qu'elle lui laissa croire qu'il avait sans doute raison.

Une semaine plus tard, après avoir été examiné par des médecins, Mickael reçut la confirmation que sa libération conditionnelle était acceptée.

A vrai dire, il n'en doutait pas vraiment ! Monsieur WAGNER, avait fait le nécessaire. Il sortit le dix septembre par une très belle journée ensoleillée. C'était déjà l'été indien...

*

Pendant ce temps, dans les Landes, Yannick s'affairait à la ferme. Il devait se dépêcher de nourrir les bêtes, et préparer son tracteur pour se rendre comme prévu à la Préfecture. Le syndicat avait donné rendez-vous à dix heures, tous les producteurs seraient là.

Il n'était plus possible de produire du lait à ce prix, il fallait se battre !...

La ferme de Mariette se composait de six hectares de prés, huit de céréales, et de plusieurs bâtiments dont l'un avait été aménagé récemment pour la traite automatisée.

Les investissements avaient été lourds, mais ils étaient indispensables, car les conditions d'hygiène étaient de plus en plus rigoureuses.

Ils vivaient à trois sur la ferme. Marcel, le papa avait été emporté par une pneumonie quatre ans plus tôt, et Mariette vivait avec ses deux enfants qui étaient encore célibataires.

Cette petite exploitation avait eu des heures plus glorieuses du temps des grands parents, mais l'industrialisation avait rendue les choses beaucoup plus difficiles depuis quelques années. C'est pourquoi, il était indispensable de se rendre à cette manifestation.

Lorsque Laurent arriva, Yannick l'accueillit à bras ouverts.

- Salut, comment vas-tu ?

- Dur, dur... En ce moment on se demande pourquoi on travail. Plus on bosse, et moins ça rapporte !

Les cultivateurs ont la réputation de se plaindre toujours un peu, et Laurent n'échappait pas à la règle, même s'il y avait au fond beaucoup de vérité.

Il venait chercher Yannick pour la manifestation prévue, et c'était en même temps l'occasion de voir Elise, dont il était amoureux.

Au moment où les deux hommes se serraient la main, elle sortit de la grande maison landaise qui leur servait de demeure, et tout de suite, un grand sourire apparut sur ses lèvres.

Elle connaissait Laurent depuis longtemps, car ils avaient été à l'école ensemble. Il avait hérité de la ferme familiale appartenant à ses parents.

Elle était située de l'autre côté du village, et il vivait seul, en s'occupant de son exploitation.

Il faisait très beau en cette fin d'été, et le soleil se reflétait dans la chevelure d'Elise. Laurent pensa qu'elle était de plus en plus jolie.

La jeune femme se sentait bien !...

Comme si elle avait été libérée d'un poids écrasant. Elle était rayonnante.

Depuis que Mickael était sorti de prison, elle avait beaucoup réfléchi. Elle avait été terriblement touchée de le voir au parloir de la maison d'arrêt. Elle aurait voulu ne jamais connaître cela. C'était comme si elle avait ressenti elle même les souffrances que Mika ressentait.

Mika, c'était comme cela qu'elle l'appelait quand ils étaient jeunes. Il n'avait pas changé, mais elle savait qu'il ne serait plus jamais pareil.

Cette épreuve ne s'oublierait jamais complètement. Elle savait cela, même si elle continuait à l'aimer profondément comme un frère, qu'elle souhaitait voir infiniment heureux.

Ils s'étaient écrits, puis téléphonés. Elle savait qu'il avait repris son travail, et qu'il était bien installé dans le mobil home que son patron laissait à sa disposition.

Avec son premier salaire, Il allait reprendre des leçons de conduite, et essayer de passer son permis. S'il réussissait à avoir une voiture, il viendrait les voir. Mais pour l'instant, bien que Monsieur DANOIS le rémunère très bien, il ne lui restait pas grand-chose après l'arrêt sur salaire, qui était retenu afin de rembourser sa dette.

Il se sentait un peu seul, et aurait bien aimé être plus près d'eux.

Elise se détourna de ses pensées, et se rapprocha des deux garçons. Son frère constata qu'elle portait un pantalon et un blouson en jean et que cela lui allait à merveille. Il constata aussi qu'elle était prête pour les accompagner, ce qui ravi son copain Laurent.

*

A Argelès sur mer, la vie suivait son cours.

Alexia ne se plaisait pas dans la vente. Elle passait beaucoup d'heures à piétiner. Les clients n'étaient pas toujours faciles, et il fallait travailler même le Dimanche.

Elle avait fait une demande pour passer un diplôme de monitrice auto-école, et l'avait obtenu.

Non pas qu'elle soit passionnée par ce métier, mais il y avait du travail dans ce domaine. Elle serait assise en voiture, et ses heures passeraient assez facilement. Du moins c'est ce qu'elle pensait.

Elle avait un contact facile, et les jeunes l'aimaient bien. Ils pouvaient la tutoyer facilement.

Elle sortait souvent en boite de nuit avec eux, et l'auto-école qui l'avait engagée y trouvait son compte par les inscriptions qu'elle générait.

C'est ainsi que Mathilde aperçut la voiture école qui venait chercher Mickael pour une leçon de conduite, et elle se rendit compte que la monitrice n'était autre que son ancienne amie, Alexia.

Elle avait conservée une certaine rancœur à la suite de sa mésaventure avec Thierry.

En la voyant arriver, elle sentit monter sa colère, le souvenir de ce qui c'était passé remonta à la surface. Elle avait le culot de venir chez elle avec sa voiture école !...

Son employé, avait bien sûr, le droit de faire ce qu'il voulait en dehors de ses heures de travail. Il avait été autorisé par Monsieur DANOIS à décaler ses heures pour prendre ses leçons. Mais de là, à ce que cette fille vienne le chercher chez elle, il y avait des limites !...

Elle grossissait les choses comme si c'était une catastrophe.

Elle se refusait de considérer que Mickael était très dévoué dans l'entreprise, et ne comptait pas son temps. Il lui arrivait de travailler très tard le soir, pour finir des réparations, ou des installations de matériel. Elle le savait, mais quelque part, elle n'acceptait pas que celle qu'elle considérait maintenant comme une ennemie, puisse venir chez elle, et puisse avoir la moindre emprise sur son salarié.

Celui-ci pourtant, se rapprocha de la voiture, alors qu'Alexia tout sourire lui proposait de s'installer au volant.

Conduire n'était pas un problème pour Mickael. Les quelques leçons qu'il avait pu prendre durant sa fin de détention, lui avaient permis de prendre de bonnes habitudes, et ses connaissances mécaniques faisaient le reste.

Il fallait surtout qu'il s'applique à bien contrôler dans ses rétroviseurs, car c'était très important, et très apprécié en examen. Il fallait aussi qu'il s'habitue à respecter les règles de circulation, mais il était bien décidé à s'appliquer pour réussir.

N'avait-il pas promis à Elise, de tout faire pour aller les voir ?...

Au cours de la leçon, Alexia fit en sorte de le détendre, et adopta une attitude positive et encourageante.

Elle était sympa !...

A l'issue de la leçon, elle expliqua à Mickael les objectifs qu'il faudrait encore travailler, et lui refixa un rendez-vous dans les jours suivants.

Dans le budget qui lui restait compte tenu de ses problèmes, il voulait en consacrer une bonne partie pour bien se préparer à l'examen. Après tout, à part se nourrir, il n'avait pas de grosses dépenses.

Trois jours plus tard, il reprit une nouvelle leçon, et il se rendit compte qu'Alexia ne faisait rien pour le rendre indifférent : sourires, tenue un peu sexy, et rapprochements fréquents, lui laissèrent penser qu'elle s'intéressait à lui.

D'ailleurs à l'issue de la leçon, elle lui proposa de passer le prendre le vendredi suivant pour aller diner, puis voir un film s'il le souhaitait.

Mickael prit l'excuse de finir tard, pour le restaurant, car il savait qu'il n'en avait pas les moyens, mais accepta le cinéma.

C'est ainsi qu'elle vint le chercher le vendredi soir, toujours tout sourire.

C'était un film humoristique, et ils se détendirent en riant de bon cœur. Ça faisait très longtemps qu'il n'avait pas été au cinéma, et il avait l'impression de revivre.

Pour lui ce n'était que du bonheur, et pour sa compagne, apparemment c'était la même chose.

C'est vrai qu'elle avait une façon de se lover contre lui qui ne pouvait le laisser de marbre.

De retour, ils parlèrent à bâton rompu, et avant de le raccompagner elle voulait prolonger la soirée.

Elle lui proposa de prendre un dernier verre chez elle, et il ne refusa pas. Elle l'avait prévenu qu'elle n'avait pas eu le temps de faire le ménage. Il s'en rendit compte en voyant le deux pièces, qui était en grand désordre. Elle chercha quelque chose à boire. Un fond de whisky leur suffit.

La discussion continua longtemps, et ils se confièrent l'un à l'autre. Elle s'était rapprochée de lui. Elle savait qu'il avait manqué de présence féminine depuis très longtemps, aussi elle ne fit rien pour qu'il reste indifférent.

Dès son arrivée dans l'appartement, elle s'était mise à l'aise. Rien de trop osé, mais suffisamment pour aguicher son compagnon.

Celui-ci se laissa tenter, et Ils finirent par s'embrasser. Elle se sentait bien, lui aussi…

La nuit leur parut très courte. Lorsque le réveil sonna, il réalisa qu'il était sept heures et qu'il allait être en retard. Il se détendit, et embrassa tendrement Alexia qui dormait encore. Elle voulait le raccompagner, mais Il préféra rentrer à pied car son travail était à côté, et il ne voulait pas la compromettre.

XIII

Ce matin là, Monsieur DANOIS, était souffrant. Ce n'était pas la première fois, mais il était très fatigué.

Ses forces diminuaient, sans doute en raison de l'âge. Il avait maintenant soixante six ans, et il aurait dû être en retraite, mais il lui aurait fallu vendre l'entreprise, et la conjoncture économique n'était pas favorable. De plus, il y avait Mathilde, que ferait-elle ?... Elle qui se donnait tant à l'entreprise !

Il n'avait pas pu se rendre à la concession pour aider sa fille, et il rageait intérieurement de se trouver dans cet état.

Mickael avait reprit son travail qui consistait à installer un moteur neuf sur un hors bord, un quatre temps en remplacement d'un moteur deux temps d'ancienne génération.

Les deux autres ouvriers, Jacques et Mario, étaient occupés à refaire l'antifouling d'un voilier de huit mètres dont la coque était couverte de coquillages accrochés par le temps.

Plusieurs personnes attendaient pour des besoins divers, et Mickael les sentant s'impatienter quitta son poste, et se rapprocha d'eux, pour aider Mathilde.

Un client voulait vingt mètres de corde.

Il mesura, et la coupa à la longueur voulue pour qu'elle n'ait plus qu'à encaisser.

Un autre voulait des renseignements sur un bateau d'occasion. Il lui en venta les qualités, et celui-ci parut s'y intéresser car il demanda beaucoup d'informations, et notamment les possibilités de financement.

Ne les connaissant pas, Mickael lui conseilla d'attendre un peu afin que la fille du patron puisse lui indiquer, et celui-ci patienta tranquillement.

Tout se passait bien, mais Mathilde, une fois libérée de ses clients, vint l'interpeller :

- De quoi vous mêlez vous, ce n'est pas votre boulot !... Vous êtes payé pour faire de la mécanique. Vous n'avez pas à vous occuper d'autres choses, vous n'êtes pas un commercial !...

Mickael sentit le sang monter dans ses veines. Il dut faire un effort pour se raisonner. Il souffrait de ce mépris constant qu'elle avait pour lui, pourquoi cet acharnement ?

- Vous savez, j'ai fait ça pour vous aider. Je sais que mon travail ce n'est que la mécanique !... Je sais aussi, que pour vous je ne suis qu'un bon à rien !, que je vous ai fait du mal. Mais j'essaie de faire de mon mieux pour réparer. Aussi, je vous prie de m'excuser, je ne le ferais plus !

Il était excédé, et s'était lâché. Surprise, elle se reprit :

- Bon, ce n'est rien !... Après tout vous l'avez fait pour bien faire, je n'aurais pas dû m'emporter...

Elle s'était radoucie, sa voix avait changée. Elle réalisait qu'elle avait peut être exagéré, ce garçon n'avait pas eu l'intention de se mêler de tout, mais simplement de l'aider. Elle était injuste. Mais pourquoi ressentait-elle tant d'animosité à son égard, pourquoi avait-elle ce besoin de lui en vouloir ?... Etait-elle jalouse, que son père le protège un peu ?

- Bon, je retourne à mon bureau, essayez quand même de finir l'installation pour midi, car le client vient le chercher à quatorze heures.

Elle ne voulait pas perdre la face. Après tout, en l'absence de son père, c'était elle la patronne !

Le bateau fut prêt pour midi trente, Mickael aurait une demi heure de moins pour le repas, mais le jeune mécanicien aurait quand même le temps de déjeuner. Il avait prévu ce qu'il fallait dans son mobil home.

L'après midi, il reprit son travail normalement. Alors qu'il faisait l'hivernage d'un autre bateau, il entendit :

- Mickael, vous pouvez venir m'aider au magasin, j'ai plusieurs clients qui attendent !

Il en fut surpris, Il aurait pu s'offusquer de ce changement de comportement, et lui renvoyer la pareille en lui disant que ce n'était pas son travail, mais il se rendit au magasin en souriant intérieurement. Elle continuait toutefois à le vouvoyer, et à lui parler en tant que patronne.

Elle avait du caractère, et quelque part, il s'en amusait.

*

Le lendemain était le premier dimanche d'octobre. Il faisait encore très beau, et Alexia pris des nouvelles par téléphone, de son nouveau compagnon.

- Allo, Micka, ça va !... Pas trop dure, la journée ?

Il y avait un peu de moquerie dans sa voix. Elle faisait allusion à la nuit qu'ils avaient passée ensemble.

- Ça a été !, mais ce matin j'ai dormi jusqu'à midi. Je viens juste de prendre le petit déjeuner.

- Tu te sens en forme pour aller à la plage ?

- Pourquoi pas ?

- Bon !... On se retrouve sur la promenade.

- OK, je m'habille et j'arrive.

- N'oublies pas ton maillot.

- L'eau est peut être un peu fraiche ?

- Penses-tu, on verra bien !

Une demi-heure après, ils marchaient main dans la main sur la promenade. Il y avait une légère brise, et ils s'installèrent sur la plage. Elle avait emmené deux grandes serviettes de bain, et elle se mit en maillot.

Mickael, l'observa songeur...

Elle était superbe, et sûr d'elle, bien qu'un peu provocante. Il ne s'en plaignait pas. Il avait passé de longs jours à rêver à ces moments là, comme quoi il ne fallait jamais désespérer.

Bien que la mer soit un peu froide, ils réussirent à se baigner. Ils chahutèrent beaucoup, s'aspergeant mutuellement.

Puis encore plein de sable, mêlé à l'eau salée, ils repassèrent chez Alexia prendre une douche. Ils passèrent la soirée à se câliner, puis ils s'endormirent profondément jusqu'au petit matin.

*

Quelques jours plus tard, après avoir repris quelques leçons de conduite, Mickael fut convoqué à l'examen.

- Bonjour, vous avez une pièce d'identité ?

L'examinateur était un homme d'une quarantaine d'année, de bonne tenue, et visiblement respectueux.

- Vous êtes bien Monsieur DUVAL Mickael ?

Celui-ci un peu intimidé, répondit à son bonjour, et confirma son identité. Alexia, sa monitrice s'était glissée sur la banquette arrière, mais restait silencieuse.

- Installez-vous bien, pouvez vous lire la plaque d'immatriculation du véhicule bleu devant nous ?

Mickael la lit avec facilité. Il avait une très bonne vue. Cette première épreuve réussit, l'encouragea.

Après lui avoir donné quelques consignes avant le départ, l'inspecteur lui indiqua qu'il pouvait démarrer. Au cours du trajet, il lui rappela qu'il faillait adapter son allure, car il était un peu tendu et hésitait à rouler, puis à l'occasion d'un ralentissement, de ne pas oublier de contrôler dans ses rétroviseurs.

C'est alors que le feu changea de couleur pour passer au jaune, juste avant que la voiture de Mickael franchisse l'intersection. Un rapide coup d'œil dans ses rétroviseurs lui permit de voir qu'un véhicule le suivait de très près. En cas d'arrêt brutal, le choc serait inévitable. Mickael revit en une fraction de seconde son accident frontal, et la violence que cela provoquait. Les choses étaient différentes, mais il y avait un risque important de choc arrière. Il décida d'accélérer pour franchir l'intersection sans tarder. Pour lui s'était fini, il allait être recalé !

A l'issue de l'examen, l'inspecteur ne fit aucun commentaire, il recevrait le résultat par courrier dans les jours qui suivraient.

Il resta donc dans l'incertitude. Sa monitrice qui ne disposait pas à l'arrière de rétroviseurs, et qui n'avait pas vue le véhicule qui suivait de près, ne se prononça pas, elle ne voulait pas décevoir son petit ami, mais restait septique quand au résultat. Le fait de passer au feu jaune pouvait être éliminatoire.

Pourtant durant les leçons, elle lui avait bien expliqué qu'il fallait toujours penser à ce qui suivait : « Toujours nous imaginer qu'il y avait un motocycliste derrière nous, et qu'il s'apprêtait à nous dépasser ».

Il avait bien écouté ses conseils. Comme il se l'était promis, Il avait essayé de faire au mieux mais quel serait l'avis de l'examinateur.

Celui-ci avait bien estimé la situation, et savait être objectif. Il avait considéré, comme un point positif, le contrôle que Mickael avait effectué dans ses rétroviseurs, et compris sa réaction.

Huit jours après, Mickael fut fixé : il était reçu !

*

Le bus à « un euro », arriva à l'heure prévue, et Mickael monta dedans en direction de Perpignan.

Cela faisait très longtemps qu'il n'avait pas pris l'autocar, il était un peu désorienté, mais tout se passa très bien.

Arrivé à la gare routière, il se dirigea vers l'hôpital. Une infirmière lui indiqua la chambre, et il prit l'ascenseur pour monter au cinquième étage où elle était située. Il frappa à la porte, puis il entendit la voix de son patron lui dire d'entrer.

Avant de prendre le bus, il était passé à la maison de la presse pour prendre une revue sur les automobiles, qui devrait intéresser Monsieur DANOIS, ainsi que le journal du jour.

- Bonjour Monsieur, comment allez-vous ?

- Et toi Mickael, comment vas-tu ? ça me fait plaisir de te voir, tu n'as pas eu trop difficultés pour venir ?

Son patron avait pris l'habitude de le tutoyer. Il ne le faisait pas avec son autre personnel, mais avec lui c'était différent !

Il l'avait beaucoup aidé, et il ressentait un lien qu'il ne comprenait pas, mais qui lui autorisait cette familiarité.

Cela ne choquait pas son jeune protégé, bien au contraire, il en était touché.

Mickael prit des nouvelles de sa santé.

Monsieur DANOIS, était revenu travaillé, puis avait fait une rechute. Il n'avait plus la force de se lever, et sa fille avait appelé le SAMU.

Les médecins l'avaient mis sous perfusion, et avaient décidé de l'hospitaliser pour faire une série d'examens, dont ils ne lui avaient pas encore communiqué les résultats.

Par contre, il se sentait mieux, et aurait voulu rentrer chez lui.

Mickael, lui dit qu'il le comprenait, mais qu'il devait faire ce que disaient les médecins. Il fallait un peu de patience…, et il savait de quoi il parlait, car en prison il lui en avait fallu énormément !

Mathilde arriva, et fut surprise de le trouver auprès de son père qu'elle embrassa avec un instinct protecteur.

Ils parlèrent assez longtemps, et le rassurèrent. Ils faisaient tout pour que l'entreprise fonctionne. Il ne devait pas se faire de soucis pour cela.

Puis ils se décidèrent à partir pour ne pas trop le fatiguer.

Mathilde demanda à Mickael comment il était venu. Il lui expliqua, et elle lui proposa de le ramener.

Après s'être assuré que ça ne la dérangeait pas, celui-ci accepta. Ils s'installèrent tous les deux dans la TWINGO, l'un et l'autre un peu intimidés. Jusqu'alors ils avaient très peu communiqué, tout juste l'essentiel pour le travail, et leurs échanges n'avaient jamais été très chaleureux.

La jeune femme conduisait de façon décidée, mais en respectant le code de la route. Une conduite ferme sans être brutale. Le jeune homme était calé dans son siège, à ses côtés, et regardait la route.

Un chauffard les dépassa à vive allure, et Mathilde dut ralentir pour lui laisser finir son dépassement. Il allait percuter la voiture venant en sens inverse.

- Il est fou celui-là !, s'exclama-t'elle.

- Ça me rappel de mauvais souvenir ... C'est en percutant un véhicule de face que mes problèmes ont commencés.

- Mais en plus, vous aviez volé une voiture, je crois !... d'après ce que les journaux ont raconté.

- Ce n'était pas mon intention, je voulais seulement l'emprunter pour l'essayer, mais j'avais bu, et de plus j'avais raté mon permis, alors tout c'est enchainé...

- Vous l'avez payé cher !

- Ça aurait pu être bien pire, si votre père, et votre oncle, ne m'avaient pas aidé.

- C'est mon parrain, je sais, il est formidable !... Mais vous n'avez pas de famille ?

Durant le trajet du retour, Mickael lui parla de sa famille sans rien cacher, ainsi que de sa famille d'accueil pour laquelle il avait à la fois beaucoup de reconnaissance, et d'affection. Par contre, il ne précisa pas le lien étroit qui le liait avec Elise, et cet attachement presque fusionnel qui unissaient le frère et la sœur d'adoption.

Il n'osait pas, parce que Mathilde était très différente. Elle lui inspirait quelque chose d'inexplicable. Quelque part, il était troublé par cette jeune femme qui devait avoir son âge, et qui dégageait une grande maturité, ainsi qu'une volonté rare.

Assis à ses côtés, il se rendit compte qu'elle dégageait un charme naturel, sans aucune sophistication.

Elle était vêtue de façon simple, tout en portant ses vêtements avec une élégance naturelle.

Brune avec de longs cheveux, elle avait de très beaux yeux, même si ceux-ci étaient parfois un peu froids, et ne dégageaient pas la gaité d'Alexia, ils étaient à la fois impressionnants et touchants. Elle avait une personnalité indéniable qui dégageait une force de caractère peu commune.

Un simple « bonjour », avait pu impressionner son jeune employé, bien qu'il soit toujours sur ses gardes, et prêt à se rebeller. La vie l'avait apprit à ne pas être faible.

Arrivée à son mobil home, il la remercia, et ils se quittèrent. Cette nuit là, il eut du mal à s'endormir. Il se remémorait ce retour, où ils avaient été à la fois si éloignés et si proches.

Décidément, Mathilde n'était pas une personne comme les autres. Qu'avait-elle de si différent qu'il ne puisse pas détourner ses pensées, et réussir à s'endormir comme d'habitude ?

*

Dans les jours qui suivirent, il revit Alexia. Comme toujours elle lui apportait un peu de gaité. Ils sortirent encore quelques fois ensemble, mais ce n'était plus vraiment pareil.

Pour s'amuser, elle avait invité d'autres amis lors d'une soirée en boite. Mickael ne s'amusa pas, il avait l'esprit ailleurs.

Les copains d'Alexia lui paraissaient immatures, sans grand intérêt. Ils vivaient vraisemblablement dans des milieux familiaux aisés, mais se comportaient de façon trop légère s'adonnant aux drogues douces, sans doute nécessaires aux gosses trop gâtés.

Il comprit que ce n'était pas son monde, et ils espacèrent leurs rencontres.

*

L'ambulance arrêta Monsieur DANOIS devant son domicile, une belle demeure un peu ancienne, dans le centre du village d'ARGELES, qui lui venait de sa femme. Elle en avait hérité de ses parents.

Il descendit du véhicule sanitaire léger qui l'avait ramené de l'hôpital. Il se sentait en bonne forme, et s'était installé à la place avant, à coté du chauffeur. Il n'avait pas voulu déranger Mathilde, qui avait déjà tellement à faire avec l'entreprise.

En ce moment, il fallait remonter les bateaux.

La grue de mise à l'eau fonctionnait sans relâche, et il fallait les stocker alors que les places étaient comptées.

Mickael manœuvrait la grue à la perfection, malgré les aléas de la configuration des coques de bateaux, notamment des voiliers. Il devait s'assurer des poids, trouver les points d'équilibre, et réussir à les placer sur les bers, que Jacques et Mario avaient préparés.

Commençait ensuite le travail de nettoyage, et les hivernages mécaniques avant les grands froids, pour ne pas risquer de casse.

Au bureau, le téléphone sonnait sans arrêt. Mathilde devait gérer en plus les ventes, et les approvisionnements en matériel d'accastillage.

Elle s'était faite aidé par une secrétaire comptable à temps partiel, qui lui préparait les devis et assurait la facturation, ainsi que les relances clients.

L'argent rentrait un peu mieux, car son père qui s'en occupait n'osait pas toujours les relancer, et le crédit s'accumulait, ce qui rendait leur trésorerie trop faible, et quelques fois dans le rouge.

Mathilde n'avait pas réussi à savoir avec son père, ce que les médecins lui avaient vraiment dit.

Elle prit un rendez-vous avec le médecin traitant de la famille, le docteur FAUVET, pour obtenir des précisions.

Celui-ci avait reçu de l'hôpital, la copie de son dossier.

- Bonjour, Mademoiselle DUVAL, comment allez-vous ?

- Je vais bien Docteur, merci. Je viens vous voir pour mon père. Je n'ai pas réussit à avoir de précision sur son état de santé. J'aurais aimé savoir de quoi il souffre ?

- A vrai dire, nous ne savons pas exactement. Il a passé de nombreux examens qui démontrent un manque de globules dans le sang, mais les médecins n'ont pas encore trouvé l'origine de cette faiblesse. Il a été placé sous perfusion, et ils ont prévu un protocole de soins pour combler ce déficit, mais il va devoir être suivi, et sans doute subir d'autres examens.

- Vous pensez que ça peut être grave ?

- Il est encore trop tôt pour le dire, mais ne vous inquiétez pas, il est entre de bonnes mains, et nous allons le surveiller.

Elle n'était pas beaucoup plus avancée. Elle le remercia et retourna immédiatement à ses activités.

A son retour, Mickael, lui demanda des nouvelles de son père. Bien que très peu bavarde avec lui, elle lui avait dit qu'elle allait voir le médecin.

- Il a des problèmes de sang, mais ils ne savent pas vraiment pourquoi ?... Je suis inquiète !

- Ne vous inquiétez pas. Les médecins sont sérieux, et ils connaissent leur travail. Ils vont trouver, et le soigner.

Il cherchait à la rassurer, mais il était aussi très inquiet. Il s'était attaché à cet homme auquel il devait tout.

Pendant ce temps, Monsieur DANOIS, était rentré chez lui, et s'était installé dans son fauteuil habituel. Il souhaitait bien se reposer, et le lendemain retourner sur son lieu de travail.

Marie-jeanne, qui s'occupait à la fois du ménage, tout en faisant office de gouvernante, lui prépara un repas qui lui sembla bien meilleur que ceux de l'établissement dont il sortait.

Elle était assez âgée, et assurait cet emploi à mi-temps depuis plusieurs années, en complément d'une retraite insignifiante. Son travail ne lui coutait pas trop, et elle avait énormément de sympathie pour son patron.

XIV

C'était la première fois que Mathilde frappait à la porte de Mickael, et celui-ci en fut surpris.

Elle avait besoin de lui. La clé du magasin ne voulait pas tourner dans la serrure, et elle ne réussissait pas à le fermer.

Elle avait insisté à plusieurs reprises, cherchant toutes les solutions en essayant différentes clés, mais rien n'y faisait, et elle ne pouvait se résoudre à partir et laisser le magasin ouvert.

A part Mickael, elle ne voyait pas à qui s'adresser, car il était près de vingt heures, et joindre un serrurier n'était pas facile.

Il vint aussitôt, et remarqua immédiatement que le mécanisme avait du être forcé. Quelqu'un avait dû essayer d'entrer durant leur absence.

Elle avait pu ouvrir ce matin, mais ce soir, elle ne pouvait pas refermer.

Mickael démonta la serrure, ainsi que le mécanisme. Il redressa les pièces abimées, et réinstalla le tout avec soins. Cela lui prit une petite demi-heure.

Mathilde était contente, la clé pouvait tourner à nouveau, et elle pouvait partir sans crainte. Il avait réussit à la dépanner.

Elle le remercia. Puis elle réfléchit, et lui dit :

- Il est tard, tu n'as pas dû manger, veux-tu qu'on aille chercher quelque chose au Mac Do ?

C'était la première fois qu'elle le tutoyait et il en fut à la fois surpris, et très satisfait. C'était comme si une barrière venait de se rompre. Elle, si distante auparavant, venait de briser les chaines qui la retenait dans son attitude de réserve.

- J'ai ce qu'il faut dans le bungalow, mais c'est gentil de me le proposer, je veux bien !
  Il n'osait pas encore la tutoyer.

- Tu sais, lui dit-elle. Je t'ai tutoyé, je ne sais pas pourquoi ?... Excuse moi, si ça t'as blessé, mais ça m'est venu comme cela !... On a le même âge, et on travail ensemble. Je pense que l'on se connait un peu mieux maintenant. Tu peux me tutoyer aussi, si tu veux ?

- Je prends ça comme une marque de sympathie, et ça m'est très agréable. D'accord, on se tutoie !

Ils allèrent jusqu'au restaurant, et garèrent la voiture difficilement. Il y avait énormément de monde, et peu de tables libres. Les deux jeunes gens, se regardèrent avec une mine un peu déçue.

- Si tu veux, on peut prendre ce qu'il faut, et manger dans le mobil home.

- Je veux bien !, parce que là, on va être un peu serrés, répondit Mathilde.

Ils prirent ce qu'il fallait. Mickael pris un menu maxi, et voulut absolument payer l'addition. C'était la première fois qu'il invitait sa jeune patronne à déjeuner, et il en était très satisfait.

Arrivés dans le mobil home, ils s'installèrent, et discutèrent un peu de tout.

Elle lui confirma que son papa avait une place énorme dans sa vie. Il l'avait toujours choyé. Son parrain était son dieu, mais elle ne parlait pas de sa compagne bien plus jeune, qu'elle semblait ne pas trop apprécier. Des copines, elle en avait peu, car elles n'étaient pas toujours sincères. Elle ne put s'empêcher d'évoquer Alexia, une vraie garce d'après elle.

Il ne répliqua pas, et se garda bien d'émettre un avis à ce sujet.

Il lui parla de son enfance, et lui expliqua pourquoi il s'était installé chez sa grand-mère après avoir trouvé un emploi.

Leur discussion s'orienta ensuite sur leur avenir. Il avait cet arrêt sur salaire qui le gênait, mais heureusement il n'avait pas beaucoup de frais, et il s'en sortait. Il aimait la mécanique, mais il regrettait de ne pas avoir fait d'études en architecture navale. La construction des bateaux devait être passionnante !

Elle lui expliqua qu'elle devait se consacrer à son père, et prenait goût à s'occuper de l'entreprise. Les garçons pour l'instant ne l'intéressaient pas. Ils étaient trop volatiles, et peu matures.

Elle le laissa pour rentrer chez elle, il était presque minuit. C'était une heure inhabituelle pour elle qui aimait se coucher tôt. La soirée s'était curieusement passée. Elle s'interrogea, pourquoi s'était elle confiée à ce point ?

Malgré cela, elle avait passée une bonne soirée. Mickael savait écouter, et les confidences qu'ils s'étaient fait réciproquement leur avait fait du bien.

*

Le 6 novembre était une journée comme une autre. Claude DANOIS avait repris ses activités, et se trouvait en pleine forme par rapport aux jours précédents.

Son traitement faisait effet, et il avait repris des forces. Il avait été content de retrouver son entreprise, et de constater que tout avait bien fonctionné durant son absence. Même la trésorerie était à niveau, les relances avaient été efficaces.

Ce qui l'étonna, ce n'est pas le dévouement que Mickael avait pour l'entreprise, car il le connaissait, et savait qu'il s'investissait beaucoup, mais plutôt qu'il se rende compte que sa fille ait adopté le tutoiement à son égard, alors qu'un peu plus tôt, elle lui trouvait tous les défauts. Quel revirement ?...

Il resta très discret quand à ses constatations, et ne fit aucun commentaire. Il se contenta de faire comme si de rien n'était, souriant en lui-même, et observant les jeunes gens sans rien laisser paraître.

Lorsque Mathilde proposa de fêter l'anniversaire de Mickael, il eut la certitude que quelque chose changeait dans son comportement. Elle n'avait jamais eu autant d'attention pour un de leurs employés.

Il la laissa faire, songeant qu'il faudrait ensuite le faire pour les autres membres du personnel afin de ne pas créer de jalousies, mais après tout, cela n'allait pas contre ses idées. Il aimait bien son personnel et considérait qu'il dirigeait une entreprise familiale, et non une multinationale.

Elle avait invité, jacques, Mario, et la secrétaire, à prendre une coupe de champagne pour fêter les vingt quatre ans de Mickael, auquel elle réserva la surprise en dernier.

Cela faisait des années que personne ne lui avait souhaité son anniversaire, et il fut très étonné de se voir inviter après le travail, à cette petite fête à son intention.

L'ambiance était joyeuse et amicale.

Ce sentiment d'appartenance à l'entreprise le ravissait.

Enfin, il se trouvait dans de bonnes conditions, et pouvait travailler dans la bonne humeur.

Après avoir levé leurs verres, et souhaité d'une même voix, un bon anniversaire, Mathilde lui offrit son cadeau. C'était un très beau portefeuille, en cuir, de couleur noire, très bien fini et d'excellente qualité. Elle avait du goût.

Son père ne put s'empêcher de faire un peu d'humour, en indiquant à Mickael, qu'il pourrait y placer ses vrais papiers. Ce qui fit sourire tout le monde.

Pour les remercier, il serra la main de ses collègues, et de son patron avec chaleur, puis fit la bise à la secrétaire, et à Mathilde.

Tout deux rougirent légèrement, et ça n'échappa pas à Monsieur DANOIS, amusé de leur attitude de collégiens pris en faute.

Dans les jours qui suivirent, ils prirent l'habitude de prendre leur café le matin ensemble, avant d'ouvrir et de commencer le travail.

Le patron devait préparer son départ pour le salon du bateau, où il devait tenir un stand pour la marque qu'il représentait dans sa concession.

Il n'était pas inquiet, il avait une bonne équipe, et il pouvait s'absenter sans risques. La boutique fonctionnerait sans lui.

Les deux jeunes gens continuaient à garder une distance, mais aimaient se sentir proches.

Le cadre de l'entreprise leur donnait cette possibilité. Sans jamais se l'avouer, leurs pensées étaient toujours ensemble. Un peu comme une obsession, dont ils ne souhaitaient pas se passer.

Au retour du salon, Monsieur DANOIS, était très satisfait, les ventes avaient été bonnes. Ayant appris que Mickael était invité à Noël dans sa famille d'accueil, il lui proposa de lui prêter la camionnette de fonction pour s'y rendre.

Il ne savait pas quoi faire pour lui faire plaisir, et celui-ci prit la route le vingt deux décembre, l'entreprise ayant fermée pour les fêtes de Noël.

*

C'était la première fois qu'il faisait une route aussi longue, mais il y prit du plaisir. Il était assez détendu, et roulait sur l'autoroute à bonne allure, mais sans excès.

Maître GARNIE, était intervenu pour que sa libération conditionnelle, soit transformée en remise de peine pour bonne conduite. Le juge d'application des peines avait pu satisfaire sa demande, sans quoi, il n'aurait pas pu quitter le département.

Il avait dû intervenir aussi, car Mickael avait été placé en garde à vue, en tant que témoin dans l'assassinat de Youssef ALIMI, dont le coupable n'avait pas encore été arrêté. Dormant dans son mobil home, il n'avait aucun alibi pour cette nuit la.

La SRPJ savait qu'il l'avait fréquenté quelques temps avant, et souhaitait l'entendre comme témoin.

Son avocat avait expliqué qu'il le connaissait effectivement, mais qu'il n'avait aucun mobil pour justifier une telle action. L'assassinat à l'arme blanche était une pratique d'une certaine communauté à laquelle il n'appartenait pas.

Mickael, expliqua aussi ce que son codétenu lui avait indiqué. Les soupçons qu'il portait sur un individu nommé José CAPELLA, qui se serait fait tué par balles ensuite, dans un restaurant du vieux Perpignan.

Présenté à la juge d'instruction, celle-ci avait considéré qu'il n'y avait aucun indice concordant, et aucun mobile. Il ne fallait pas reconduire les erreurs précédentes en faisant condamner un innocent.

Elle le considéra hors de cause, et prononça immédiatement la levée de sa garde à vue.

Mathilde avait été très inquiète durant cette audition, et avait immédiatement appelé son parrain pour l'assister.

Comme toujours, Maitre GARNIE, avait su trouver les mots, et Mickael était ressortit libre, et blanchit de tous soupçons.

*

Il arriva en Chalosse, à la nuit tombée.

Après avoir frappé à la porte, Mariette vient lui ouvrir, les larmes aux yeux. Ça faisait des années qu'elle ne l'avait pas vu, elle en était très émue.

- Oh, mon dieu !... Mickael, enfin te voilà, comment vas-tu ? As-tu fais bonne route ?

- Je vais très bien, la route s'est bien passée, et toi Mariette ?

Elle était trop bouleversée pour pouvoir répondre. Il la laissa sécher ses yeux, et salua Yannick, qui l'accueillit avec un grand sourire.

Elise était absente, et il le savait.

Elle s'était mariée en novembre, et elle attendait un bébé pour la fin juin. Elle viendrait sans faute demain pour le voir, et de toutes façons ils passeraient le réveillon de Noël ensemble.

Il retrouva sa chambre d'enfance, rien n'avait changé, la maison était grande et Mariette l'avait laissé telle qu'elle était lorsqu'il vivait avec eux.

Le lendemain passa très vite.

Mickael appela Mathilde pour la rassurer sur la bonne utilisation de la voiture de fonction, mais aussi parce qu'il sentait le besoin de lui parler. Il avait envie de l'entendre.

- Ah, je suis contente que tu m'appelles, tout va bien !

- Pas de problèmes, la route s'est très bien passée, je suis arrivé vers dix neuf heures. La voiture a très bien fonctionné. Encore merci de me l'avoir prêtée.

- Ce n'est rien !, l'essentiel c'est que tu sois bien arrivé, passes un bon Noël, et n'oublies pas de me rappeler avant ton départ.

- Ne t'inquiètes pas, je le ferais, bonjour à ton père, et merci encore. Passez un bon Noël !

Après cet appel, il resta un moment songeur, il aurait voulu prolonger ce moment mais il ne savait plus quoi dire. Des sentiments auxquels il n'avait jamais été confronté prenaient forme, et il avait tellement peur que ça s'arrête !...

La soirée du réveillon s'annonça très agréable, tout avait été très bien préparé : le sapin était immense, et bien décoré ; la table bien dressée : et Mariette avait sortie l'argenterie qui lui venait de ses parents. Le foie gras et la dinde avait été cuisiné avec talent, et la famille réunie savourait joyeusement ce moment.

Laurent et Elise, étaient visiblement très amoureux, et parlaient de l'heureux évènement à venir avec enthousiasme.

Elise avait embrassé Mickael en le prenant dans ses bras comme elle le faisait à chaque fois, et Laurent ne put s'empêcher de les taquiner :

- Eh !, doucement tous les deux, c'est moi le mari !

- Ne t'inquiètes pas, je t'aime, répondit Elise, mais j'ai bien le droit d'embrasser mon frère, tout de même !...

Durant le repas, ils entendirent les bêtes beugler très fort, ce qui alerta Yannick.

Une vache était sur le point de vêler.

Les trois hommes sortirent, et constatèrent que cela ne se passait pas bien.

Ils furent obligés d'appeler le vétérinaire, et assistèrent à la naissance d'un petit veau en parfaite santé.

Cet incident anima la soirée et celle-ci se termina à deux heures du matin. Heure inhabituelle pour des cultivateurs généralement très matinaux.

Après des adieux où chacun se promit de se revoir rapidement, le retour fut beaucoup plus difficile.

La neige tombait abondamment, et Mickael s'arrêta à plusieurs reprises pour répondre à Mathilde qui suivait les informations, et s'inquiétait.

Il arriva à une heure du matin.

La lumière était allumée, et elle l'attendait patiemment. Rentrée dans son appartement, elle ne réussissait pas à s'endormir l'imaginant dans les difficultés. Elle s'était décidée à retourner l'attendre à la concession.

Dès qu'elle entendit la voiture, elle sortit immédiatement. Soulagée, elle se jeta dans ses bras et l'embrassa.

Ce baiser n'avait rien à voir avec les baisers précédents. Il était sûr d'avoir toujours attendu ce moment, et il l'embrassa avec tout son amour. Il aimait cette jeune femme beaucoup plus encore qu'il n'avait osé se l'avouer.

Dans les jours qui suivirent, ils ne se quittèrent plus.

XV

Le lendemain, ils reprirent leur travail avec la même passion, comme si ce lien avec l'entreprise les unissait encore davantage.

Dans les semaines qui suivirent, il ne se passait pas un instant où ils se sentaient éloignés l'un de l'autre. Comme s'ils étaient constamment en communication. Leurs regards se croisaient. Leurs pensées étaient toujours ensemble.

Leur liaison était devenue un secret de polichinelle. Tout le personnel, ainsi que Monsieur DANOIS s'en était rendu compte.

Le fait qu'ils souhaitent rester discret les amusait.

Sur le chantier l'activité était importante.

Christophe GARNIE avait laissé son bateau, un SAFT de sept mètres trente, pour monter deux nouveaux moteurs hors bord de nouvelle génération, et repeindre la coque.

Mickael changea les moteurs, effectua les réglages, et fit préparer la coque par ses deux collègues. Il se chargea lui-même de la pose d'un gel coat en deux tons : beige avec un liseret bordeaux de toute beauté qui rendait le bateau comme neuf. Il y avait mis tout son cœur.

Il attendait avec inquiétude, et intérêt, l'avis de l'avocat qui venait voir l'avancement des travaux.

Comme il savait très bien le faire, celui-ci fit le tour de son SAFT, l'œil volontairement expert en ménageant ses effets comme dans une plaidoirie, avant de donner son avis.

- Qui est-ce, qui s'en est occupé ?

- Toute l'équipe, et j'ai fait la finition. J'espère que ça vous plait ?

- C'est toi qui as eu l'idée de la couleur ?

Il avait pris l'habitude de le tutoyer. Mickael blêmit légèrement.

- Ça ne vous plait pas ?

Après un silence voulu…, Christophe GARNIE répondit :

- Tu sais que tu as du talent !... Et les moteurs qu'est-ce que ça donne ?

- En fonctionnement normal, on diminue de moitié la consommation de carburant, ils tournent à merveille !

Mathilde arrivait avec son père. Le bateau était sur un ber, il faisait froid, mais le soleil rendait le bateau magnifique.

- Superbe !, dit-elle. Bravo Micka.

Son père sourit.
- Doucement, pas trop de compliments, où on va être bon pour une augmentation !...

Elle prit la main de Mickael.
- Tu sais papa, je voudrais me marier !

Il regarda son beau-frère qui était à leur côté, avec un clin d'œil. Comme s'il était très étonné.

- Ah bon !, et avec qui ?...

- Papa !...

- Tu vois, tu n'aurais jamais dû me demander de défendre ce garçon. Plaisanta l'avocat, en tapant sur l'épaule de Claude DANOIS.

Le mariage fut programmé pour le mois de mai à venir, et les jours qui précédaient parurent à Mickael comme un comte de fée.

Avec Mathilde, Ils ne se quittaient plus.

*

L'odeur du gel coat emplissait l'atelier. Mickael avait pris goût à la rénovation des bateaux, et appuyé par Monsieur DANOIS qui avait compris qu'une très bonne présentation facilitait les ventes, il préparait ceux-ci avec un soin extrême.

Les selleries étaient nettoyées ou renouvelées, les mécaniques entièrement révisées, et les coques réparées et repeintes.

Lors de son incarcération, il avait lu des livres sur l'emploi des différents matériaux polyester car il aurait aimé construire des bateaux. En attendant, il les réparait, mais il manquait de main-d'œuvre.

Mathilde avait cherché à recruter, et la conjoncture aurait du lui permettre de le faire facilement. Hélas !, le peu de candidats qui se présentaient ne lui inspirait pas confiance. Elle était assez difficile, et ne voulait pas commettre les erreurs du passé. Même si aujourd'hui, elle n'avait aucun regret.

Lors d'une conversation avec son cousin Franck, Mickael lui en parla de ses difficultés de recrutement, et celui-ci lui proposa ses services.

Bien qu'il ait une sécurité d'emploi dans les chemins de fer, les horaires ne lui permettaient pas une vie régulière, et le travail était peu intéressant. C'est comme cela qu'il fut intégré à l'entreprise.

Il se fit rapidement au travail, donna toute satisfaction, et y pris goût.

C'était intéressant, et de plus il travaillait dans une ambiance, et un cadre, très agréable.

Les réservations pour les locations commençaient très fort, et ils envisageaient d'y adjoindre quelques bateaux.

Le grand problème était l'espace, il fallait absolument s'agrandir. Le terrain attenant à la concession était à vendre, mais la mairie faisait valoir son droit de préemption, ayant pour projet la construction d'un bâtiment social.

Maitre GARNIE examina la situation, et s'informa du plan d'occupation des sols. Celui-ci prévoyait que cette surface soit réservée en zone technique maritime.

L'avocat était en bon termes avec la municipalité. Avec diplomatie, il fit part de ses observations, et il obtint la levée du droit de préemption.

Le chantier DANOIS put enfin acquérir les terrains. C'était un plus indéniable !, par contre le niveau d'endettement de l'entreprise ne permettait pas de construire immédiatement un bâtiment qui aurait été pourtant bien utile.

Mathilde perfectionnait pendant ce temps ses connaissances en gestion. La main dans la main avec son compagnon, ils continuaient à avancer…

*

Il faisait froid en cette fin février, et les tourtereaux n'osaient pas sortir de leur lit.

Le mobil home était pourtant chauffé, mais les aérations laissaient passer un peu d'air frais.

Mathilde avait préparé la veille au soir, de la lotte à l'armoricaine accompagné de petites pommes de terre et d'oignons, dont Mickael raffolait. Elle l'avait cuisiné parfaitement. Ils avaient fait un bon repas, et ce dimanche matin ils n'étaient pas pressés.

Ils auraient pu rejoindre l'appartement de Mathilde, mais elle aimait bien rester avec son amoureux dans ce petit espace qui leur semblait plus intime.

La chaleur de leurs corps suffisait à combler leur bonheur. Ils n'avaient plus envie de bouger, et malgré l'heure tardive, ils se dorlotaient, et auraient aimé que ce moment soit éternel.

- Tu es bien ?

- Merveilleusement bien !, répondit Mickael.

Mathilde était toutefois un peu inquiète. Elle devait dire quelque chose d'important à son compagnon, mais elle ne savait pas comment s'y prendre.

Comment allait-il réagir ?...

Et si cette révélation était mal perçue ?

Quelque part cela l'angoissait un peu. Elle avait un sentiment partagé entre la joie de faire cette annonce, et le risque qu'elle ne puisse pas être bien acceptée.

- Tu sais, j'ai peut être quelque chose à te dire ?...

- Ah bon !, j'ai fait quelque chose qu'il ne fallait pas ?

- Je crois plutôt, que c'est tout le contraire !…

- Alors, dit moi, je suis impatient de savoir !

- A la réflexion, je ne sais pas si tu vas être content ?

- Dit toujours !

Elle le laissait languir, mais craignait tout de même sa réaction.

- Tu sais vendredi j'ai appris quelque chose !

- Mais quoi ?

Il commençait à s'inquiéter, il voulait savoir… Elle marqua un temps d'arrêt, hésita, puis se lança.

- Le médecin m'a dit que j'attendais un bébé !

Il la serra très fort dans ses bras pour cacher ses larmes. Il n'était pas possible qu'autant de bonheur arrive à la fois. Pour lui qui s'était vu perdu quelques mois plutôt c'était impossible, il devait rêver…

- Ma chérie, tu ne peux pas savoir combien je suis heureux. Notre fils vat- être formidable !

- Hé ! pas trop vite, tu ne sais pas encore si ce sera un garçon.

- Si c'est une petite fille, ça ne fait rien !... A la condition qu'elle soit aussi jolie que sa maman.

Elle éclata de rire et ils s'embrassèrent amoureusement.

*

C'est au mois d'avril que la situation se compliqua. Deux mauvaises nouvelles assombrirent leur idylle.

Franck arriva un matin en annonçant que sa grand-mère était décédée. Les voisins s'étaient inquiétés de ne plus la voir, et les pompiers l'avaient trouvée morte dans son lit.

Mickael en fut attristé, bien qu'elle n'ait jamais manifesté le moindre sentiment pour lui. Ils avaient vécus dans le même appartement comme des étrangers, mais c'était tout de même sa grand-mère. Il la connaissait mieux que sa propre mère, qui ne s'en était jamais occupée. Il décida qu'il irait à son enterrement qui avait lieu le mardi suivant.

Mathilde l'accompagna, car elle ne voulait pas le laisser seul affronter ce moment pénible.

Elle serrait la main de Mickael dans la sienne comprenant qu'il était très touché par la disparition de sa grand-mère. C'était une autre page sa vie qui se tournait, et qui faisait remonter d'énormes souffrances familiales.

La cérémonie fut très courte car elle n'avait pas souhaité passer à l'église.

Ils se retrouvèrent au cimetière avec Franck, sa mère, et quelques voisins, pour accompagner une femme dont le souvenir serait sans doute bien vite effacé.

Ce fut une journée très pénible qui laissait le sentiment d'amertume d'une vie sans amour…

La deuxième mauvaise nouvelle arriva à la suite d'une visite de Mathilde chez son gynécologue.

Sa grossesse l'inquiétait. Il trouvait qu'elle avait beaucoup forci, et les examens qu'il pratiqua laissaient apparaître des anomalies par rapport à une grossesse normale. Il préférait qu'elle s'adresse à un établissement spécialisé en pédiatrie, disposant d'un matériel plus perfectionné, afin d'émettre un avis plus précis.

Cette révélation affligea considérablement le couple qui attendait tant de cette naissance à venir.

Malgré l'urgence, elle ne put obtenir un rendez-vous avant le mois suivant, début mai, juste avant leur mariage.

Mickael ne décolérait pas. Comment était-il possible de la faire attendre aussi longtemps, alors quelque chose de grave était sans doute entrain de perturber sa grossesse ?

Il jugeait les médecins totalement indifférents à leurs problèmes, et rageait de ne pouvoir rien faire.

Ce fut un mois très difficile, tant l'incertitude les rongeait.

Le trois mai, il accompagna Mathilde à la clinique. Ils étaient tous les deux très angoissés, bien que Mickael tente de la rassurer.

Après une attente qui leur parut interminable. Ils finirent par être reçus par une doctoresse d'une quarantaine d'année, qui avec amabilité les dirigea vers une salle d'échographie de dernière génération.

Celle-ci était équipée de nombreux appareils médicaux. Bien que les lieux sentent les produits désinfectants, l'ambiance était assez douce. Ce devait être dû à l'éclairage indirect qui donnait à la fois un côté intime, et solennel.

Cela n'empêchait pas le couple d'être parcouru de frissons. Quel allait être le verdict de cet examen ?

La doctoresse, qui portait un badge au nom du docteur DUCHENE, installa Mathilde sur une table d'examen, et commença par lui poser quelques questions qui se voulaient rassurantes.

Elle prit ensuite très attentivement connaissance du dossier que lui avait transmis le gynécologue de Mathilde.

Cela parut interminable à nouveau.

C'était une personne très calme : à la fois inquiétante par sa fonction et sa façon de se concentrer, et rassurante par son comportement.

Elle parlait d'une voix assez douce qui cherchait à détendre sa patiente. Elle commença par un examen échographique. L'appareil était de la toute dernière génération. L'imagerie était en couleur, et des formes diverses apparaissaient sans que Mickael, qui observait l'écran ne puisse distinguer d'organes précis.

Il aurait aimé, à ce moment là, avoir de bonnes connaissances en médecine pour pouvoir déchiffrer les images. Pour lui c'était son enfant qu'il voyait pour la première fois. Ses premières photos. Il aurait voulu les mémoriser pour ne jamais les oublier.

Des mouvements rythmés laissaient supposer qu'un petit cœur battait, ce qui devait être un bon signe.

La doctoresse continuait à parler doucement, tout en s'attardant parfois sur certains endroits de l'image que renvoyait la machine.

Elle revint plusieurs fois sur une image qui semblait l'inquiéter.

Tout à coup, elle s'arrêta, et immobilisa l'image, qu'elle enregistra.

- Je crois que le problème est la !...

Le couple échangea un regard, ils avaient l'impression que leur cœur allait s'arrêter.
Pourtant le docteur DUCHENE souriait.

- Il n'y a pas un bébé, mais deux !... Autrement tout va bien.

Ils se mirent à rire, et Mickael essuya une larme sur les joues de Mathilde, en disant :

- Hé bien tant mieux, ils pourront jouer ensemble !

Pas un instant ils n'avaient envisagé les difficultés qui les attendaient. Leur amour dépassait ces craintes.

La doctoresse recommanda à Mathilde de prendre certaines précautions. Il fallait se ménager, suivre quelques conseils alimentaires, et être très bien suivi par son gynécologue. Mickael émis toutefois un doute.

- Mathilde se ménager ?... Si vous la connaissiez !, je crains que ce ne soit pas possible…

Ils reprirent la route pour rentrer à ARGELES, et retournèrent très vite à leur travail, car Claude DANOIS était seul à la concession. De plus, il fallait continuer les préparatifs du mariage.

Sur le chemin du retour ils s'interrogeaient :

- Comment avons-nous fait ?... Demanda Mathilde.

- Nous devions être trop amoureux !... Plaisanta Mickael.

XVI

Le mariage aurait dû être des plus simples, mais Claude DANOIS l'avait voulu tout autrement !...

Avec son épouse, ils avaient prévu un plan d'épargne réservé au mariage de leur fille unique, et ce grand jour était arrivé.

Sa maman avait rêvé du plus beau mariage pour sa fille, et son papa avait bien l'intention de réaliser ce souhait. Avec l'aide de Sonia, sa belle sœur, et épouse de Christophe GARNIE, il avait tout organisé.

Les invités étaient nombreux. Il y avait : sa famille, y compris quelques cousins éloignés ; la famille d'adoption de Mickael ; son cousin Franck, et sa tante Jeannine ; et puis ses principales relations d'affaires, ainsi que quelques clients privilégiés. En tout, près de cent personnes.

L'église avait été décorée avec soins, et après un passage en Mairie où les nouveaux époux avaient dit un grand « Oui » sans équivoque, le curé fit une cérémonie à la fois dans la tradition, mais en y ajoutant aussi un certain modernisme, et un peu d'humour.

La sortie de l'église fut grandiose : confettis, lâché de colombes, et ce qui est plus rare : un buffet dressé avec champagne et petits gâteaux, glaces, et barba papa pour les enfants.

Chacun profitait du buffet pendant que les jeunes mariés recevaient les félicitations de leur entourage.

Une superbe limousine des années cinquante avait été louée avec chauffeur pour l'occasion.

Ils se rendirent ensuite au manoir qui les accueillit pour le vin d'honneur et le repas.

Celui-ci affichait trois étoiles, et était inscrit au guide Michelin. Les invités reprirent une coupe de champagne dans les jardins. Le temps était clément, et chacun profitait d'un superbe moment de détente, pendant qu'un animateur réjouissait les enfants en composant des sujets de toutes sortes avec des ballons.

Le repas fut très agréable, entrecoupé par diverses animations.

Puis les jeunes mariés ouvrirent le bal.

Mickael faisait ce qu'il pouvait car il n'était pas habitué à danser, et c'était Mathilde qui le guidait malgré son léger embonpoint.

Elle avait une robe superbe, assez ample, qui dissimulait ses formes qui commençaient à s'arrondir.

Mickael était vêtu très élégamment d'un costume à col mao. Il avait noué une cravate qui mettait son physique en valeur. C'était un très joli garçon.

Le couple était à la fois charmant de simplicité et de beauté. Ils se complétaient à la perfection.

La nuit fut merveilleuse, la musique était agréable, adaptée à toutes les générations. Les invités purent profiter d'une ambiance formidable.

Des chambres avaient été louées sur place pour que les invités n'aient pas à reprendre la route. Les jeunes mariés ne purent regagner leur chambre que vers cinq heures du matin.

Ils avaient hâte de se retrouver l'un contre l'autre, et malgré la fatigue, ils trouvèrent la force de s'aimer intensément. Ils eurent l'impression que le temps s'arrêtait, et que le paradis ne pouvait être plus merveilleux.

A partir de dix heures le lendemain matin, un brunch était prévu. Des mets froids et chauds, sucrés et salés, étaient à la disposition des invités.

Le départ des chambres pouvait avoir lieu jusqu'à seize heures. Le manoir avait été impeccable par son service et par son cadre.

Puis chacun rentra chez soi après de grandes embrassades, et le renouvellement des félicitations aux jeunes mariés.

Mathilde et Mickael rejoignirent leur nouvel appartement au centre du village d'ARGELES. Monsieur DANOIS les aiderait à payer le loyer. En contre partie il relouerait le studio qu'il avait laissé précédemment à sa fille.

La vie s'organisait. Ils reprirent tous deux leur activité, et ne se fut que fin novembre que Mathilde ressentit les premières douleurs.

 Mickael la conduisit immédiatement à la clinique.

Nathan fut le premier à arriver. Un beau bébé de deux kilos huit cents, qui précéda son frère Bastien de quelques minutes. Les deux bébés étaient en parfaite santé. La maman était épuisée, mais heureuse.

Le papa, quand à lui, avait du mal à réaliser. Il avait assisté à l'accouchement de ses deux petits garçons, et s'étonnait d'être le père de ces petits bouts de choux.

Ils avaient, d'après lui, déjà leur personnalité. Bien qu'ils se ressemblent comme deux gouttes d'eau, et ne puissent exprimer dans un premier temps que leur appétit, et leurs petits dérangements intestinaux.

Il les regardait avec compassion et amour. Il était à la fois très heureux, et déjà inquiet de ce qui pourrait leur arriver…

Quelques jours plus tard, après avoir quitté la clinique, ils regagnèrent leur appartement, et installèrent leurs deux garçons dans la petite chambre qu'ils avaient aménagée avec soin.

Ils purent profiter un peu de ces moments d'intimité. La vie allait ensuite devoir reprendre, et une nourrice était déjà prévue pour seconder Mathilde.

*

Mickael : une erreur de jeunesse

Epilogue

Dans les semaines qui suivirent, Mickael reçut une convocation en provenance de chez un notaire, Maitre Jean VARNET.

Le rendez-vous était prévu quinze jours plus tard, un mardi à seize heures. Un peu surpris, il se rendit à la convocation. Que pouvait bien lui vouloir cet homme de loi ?...

Dans la salle d'attente, il se retrouva avec sa tante Jeannine. Ils s'embrassèrent comme il le faisait d'habitude. Sans la voir régulièrement, il avait toujours été en bon termes avec sa tante.

Elle n'était pas très expressive, mais elle n'avait jamais critiqué son neveu. C'était une femme qui restait toujours calme, et neutre, en toutes situations.

Elle avait suivi avec attention les péripéties de son neveu, mais en s'interdisant tout jugement, même si elle pensait qu'il était devenu maintenant un beau jeune homme, et que c'était fort regrettable ce qui lui était arrivé, car ce n'était pas un mauvais garçon.

Elle aurait tant aimé que sa sœur Jocelyne, ait eu une vie différente, et qu'elle ait pu s'en occuper davantage.

Le notaire les reçus dans un bureau étroit équipé de meubles rustiques. L'ensemble sentait le papier jauni, mais l'homme était costumé, et présentait très bien, malgré son âge. Le calme de son étude créait malgré tout une certaine froideur. C'était le genre de locaux où l'on a l'impression que tout peu arriver, les bonnes et les mauvaises nouvelles.

Maitre VARNET prit la parole :

- Bonjour, je vous ai convoqué au sujet de la succession de Madame Colette LEGRAND, née BOURIS, dont vous êtes les héritiers. Monsieur Mickael DUVAL étant lui-même héritier de sa mère Jocelyne LEGRAND.

Mickael était étonné, il n'avait jamais envisagé cela, peu habitué à recevoir quelque chose de sa propre famille. Il ne pensait pas pouvoir hériter de sa grand-mère. Il répondit cependant.

- C'est exact, mais je ne pensais pas que j'avais des droits !

Il était sincère. Sa tante confirma qu'il était l'héritier de sa mère, et par conséquent de sa grand-mère. Elle n'y faisait aucune opposition.

- Les biens de Madame Colette LEGRAND se composent de quelques placements de faibles valeurs, et en principal, d'un appartement bien situé dans COLLIOURE, qui vous revient de droit. Souhaitez-vous le garder ?

Sa tante répondit immédiatement qu'elle ne le souhaitait pas. Elle n'en avait pas l'utilité. Quand à Mickael, il ne pouvait pas l'acquérir. Il ne disposait pas de fonds suffisants pour rembourser la part de sa tante. Il fut donc décidé de le mettre en vente.

Maître VARNET allait s'occuper des démarches, et de réunir les différents placements afin de préparer la succession. Cela allait prendre quelques temps.

*

De retour Mickael informa son épouse, qui fut aussi surprise qu'il l'avait été.

Cela pourrait les aider à rembourser la somme qu'il restait devoir, et à laquelle il avait été condamné.

Ce ne fut que six mois plus tard qu'il reçut la somme de près de cent vingt mille euros déduction faite de toutes impositions. Cette somme lui permit de solder complètement sa dette.

Avec son beau-père, ils purent réunir une somme suffisante, permettant de disposer de l'apport nécessaire pour faire construire un bâtiment sur le nouveau terrain attenant à la concession.

Mickael put ainsi devenir actionnaire de la société nautique créée par son beau père, et se trouver dégager de toutes dettes.

En se remémorant les années qu'il venait de passer, il réalisa combien cet homme, qui était maintenant son beau-père, avait influencé son existence. Il était très heureux avec Mathilde qu'il aimait à la folie, et avait deux très beaux enfants.

A ce moment précis, Il ne savait pas encore comment allait se dérouler sa vie ... Mais aurait-il pu le croire, si on lui avait prédit ?

FIN

Mickael : une erreur de jeunesse

Du même auteur :

- Le permis de conduire – La loi du silence
- Conduire tout simplement
- Mickael : Une erreur de jeunesse
- Mickael : La revanche
- Mickael : Olivia née sous x
- Mickael : L'origine du mal
- L'île des apatrides

www.editionsvermeille.fr

Mickael : une erreur de jeunesse

www.ingramcontent.com/pod-product-compliance
Lightning Source LLC
Chambersburg PA
CBHW071714140626
46557CB00011B/138